BIBLIOTHÈQUE DES ÉCOLES ET DES FAMILLES

DANIELLE D'ARTHEZ

L'OR DU PÔLE

PARIS

LIBRAIRIE HACHETTE ET Cie

79, BOULEVARD SAINT-GERMAIN, 79

Prix: 2.60

L'OR DU PÔLE

A LA MÊME LIBRAIRIE

OUVRAGES DE DANIELLE D'ARTHEZ

2ᵉ série.　　267-10. — Coulommiers. Imp. PAUL BRODARD. — P4-10.

Bernard et Carnegie se quittèrent en se serrant la main une dernière fois.

BIBLIOTHÈQUE DES ÉCOLES ET DES FAMILLES

DANIELLE D'ARTHEZ

L'OR DU PÔLE

OUVRAGE ILLUSTRÉ DE 64 VIGNETTES DESSINÉES

PAR

ALFRED PARIS

PARIS

LIBRAIRIE HACHETTE ET Cⁱᵉ

79, BOULEVARD SAINT-GERMAIN, 79

1910

On porta le malade sur son lit.

I

Il y avait un dîner intime, ce soir-là, chez le Dr Dubuit, pour fêter le retour de son fils Bernard, qui venait d'achever son service militaire.

Autour de la table, cinq personnes seulement avaient pris place : le Dr Dubuit, homme de cinquante-cinq ans à peine, mince, élancé, de physionomie distinguée et mobile, aux grands yeux intelligents, cheveux en brosse, moustache blanche, l'un de ces fins visages qu'affectionnait Van Dyck, pour ses portraits de grands seigneurs; à côté du docteur, sa fille Clotilde, jeune fille de dix-huit ans, charmante, par l'air de bonté paisible illuminant sa physionomie aux beaux traits calmes et purs. A la gauche du maître de la maison, son très vieil ami, Daniel Hasser, le grand chi-

miste, célèbre par ses travaux sur les ferments, et sa
découverte sur les nouveaux gaz; enfin, Bernard avait
à sa droite, un autre ami de son père; journaliste, celui-ci,
Karl Vivien, âpre prolémiste qui avait eu quelques duels,
et déclarait que la plume d'un journaliste doit être emman-
chée d'une solide épée de combat.

Bernard étant étudiant en droit avait fait ses deux ans
de service militaire, très loin, en province, et revenu à
Paris de la veille, il n'avait encore vu que son père, sa
sœur et les deux petits frères que l'on n'avait pas admis
ce soir-là à la grande table.

Le docteur était un savant de grand mérite,... mais il était
un rêveur — ce qui explique qu'avec toute sa science il
n'avait su acquérir aucune fortune, alors que nombre de ses
confrères, auxquels il était infiniment supérieur, gagnaient
cent mille francs par an, avaient un hôtel à eux, et un coupé
attelé de chevaux de race. Dubuit avait ce malheur de vivre
beaucoup plus dans le rêve que dans la réalité. Ses nuits
presque entières s'écoulaient dans son cabinet de travail et
dans son laboratoire, à tel point que son organisme était usé
plus que celui d'un vieillard; mais il négligeait souvent de
visiter tel ou tel client qu'il jugeait malade d'imagination
seulement. Lorsque des femmes nerveuses allaient le consulter, il les recevait avec presque de la brutalité, leur
conseillait de ne plus passer leurs nuits au théâtre, ni au
bal, ni dans le monde; de travailler chez elles, de se lever à
six heures et de se coucher à dix; et ses clientes, froissées
d'un tel accueil, proclamaient que le Dr Dubuit était un
affreux brutal.

De sorte que, peu à peu, sa clientèle s'en était allée chez ses confrères plus aimables ou plus intrigants. Mais il ne s'en apercevait même pas. Tout entier à ses expériences et à ses recherches microbiologiques, il était surtout heureux de n'être point dérangé dans ses travaux, et il n'eût pas même remarqué la solitude de son salon d'attente, si Manette, sa cuisinière, vieille fille qui était sa sœur de lait, et ne l'avait jamais quitté, ne lui eût maintes fois amèrement reproché son insouciance, en lui demandant si c'était ainsi qu'il pensait gagner une dot à Clotilde.

Dubuit agacé, secouait les épaules :

« Tu m'ennuies, Manette. Tu abuses de ma complaisance, pour me tyranniser. Si ma fille n'est pas très riche, elle pourra du moins être fière de son nom. Mon ouvrage sur le bacille de la tuberculose vient d'obtenir un prix à l'Académie... Charvier est mourant; on me dit que j'ai des chances de lui succéder à l'Institut.... Hasser m'encourage à poser ma candidature.

— Tout cela est admirable. C'était hier jour de consultation; il est venu seulement trois personnes,... et c'étaient des malades pauvres, auxquels vous payez les médicaments. Si c'est tout ce que rapporte la médecine, mieux vaudrait être commerçant.

— La science n'est pas un métier. Retourne à ta cuisine », dit sèchement le docteur, en congédiant Manette.

Il n'eût souffert, de personne autre, de semblables récriminations. Mais Manette faisait partie de la famille, elle avait élevé les enfants, et servi de mère, pour ainsi dire, aux deux petits garçons jumeaux, Jean et Roger, après la

naissance desquels Mme Dubuit était morte presque subitement ; Manette était insupportable, mais excellente et dévouée.
Elle eût donné tout ce qu'elle possédait, en cas de besoin ; et
forte de sa situation dans la maison, elle s'arrogeait le droit
de gronder, morigéner et crier ; chacun souffrait cela.
C'était une providence bourrue et de fâcheuse humeur.

Tous les ans, Manette et les enfants allaient passer l'été
au bord de la mer, près de Honfleur, dans cette adorable
campagne qui s'étend de l'embouchure de la Seine à celle de
la Dives. Leur mère était originaire de ce pays, et le docteur
avait conservé la propriété où elle était née ; une modeste
maisonnette entourée de pommiers et posée à mi-côte, sur
la route charmante qui va de Honfleur à Trouville.

Les fenêtres avaient vue sur la mer, ou plutôt sur l'estuaire
de la Seine, dont la maison n'était séparée que par la route
et un herbage, où paissaient de grands bœufs roux.

On passait là des heures délicieuses ; Honfleur était tout
près ; son phare lançait la nuit ses longs jets de feu sur la
mer.... A ces rayons répondaient ceux du Havre, entrevus
dans la brume, de l'autre côté de la Seine.... Par les soirées
claires, une lueur fauve, palpitant sur l'horizon, indiquait
les rues et les quais du grand port normand, illuminé par
tous ses réverbères.

C'était un plaisir aussi de suivre la marche des nombreux
paquebots, que l'on voyait sortir de Honfleur, contourner
toute la côte de Grâce ; et s'avancer vers la grande ville
géante, d'où partent chaque jour des flottilles, transatlantiques et grands voiliers aux mâtures immenses, pour tous
les points de l'univers.

On demeurait donc là, durant les mois d'été. Le docteur restait à Paris, ne voulant pas quitter ses travaux; à peine, deux ou trois fois dans la saison, venait-il passer un jour avec ses enfants.

A mener cette existence toute de travail acharné, sa santé peu à peu s'était affaiblie. Il avait une maladie de cœur, et tout en sachant qu'il lui eût fallu du repos, ne pouvait se résoudre à modifier son genre de vie.

Ce jour-là même où il fêtait joyeusement le retour de son fils, il se sentait profondément las, il avait de fréquents vertiges, des lueurs lancinantes passaient devant ses yeux; mais ne voulant pas laisser voir ce malaise qu'il attribuait à une série de veilles trop prolongées, il s'efforçait de parler et de rire, de dissimuler sous une gaieté voulue de réelles souffrances.

Karl Vivien interrogeait Bernard sur ses projets d'avenir. Bernard avait été, jusqu'ici, un jeune homme enclin au plaisir. Il étudiait le droit avec nonchalance, et suivait ses cours moins assidûment que les premières représentations ou les steeple-chase de Longchamps-Auteuil.

Le docteur était très insouciant de l'argent; comme tous les hommes possédés par une pensée fixe, il vivait dans son idée de travail et ne s'occupait peut-être pas suffisamment des personnes qui l'entouraient.

Il fournissait à Bernard l'argent que celui-ci lui demandait. Il payait, de même, sans jamais faire une observation, les notes de la couturière et de la modiste de Clotilde; de sorte que ses enfants, habitués à une vie large et facile, dépensaient sans compter, ne se privaient d'aucune fantaisie, étaient persuadés que leur père avait conquis une brillante situation de fortune.

« Où en es-tu de tes études de droit? demanda Vivien, à Bernard.

— Je ne suis pas très avancé encore, mais je rattraperai le temps perdu.

— Mon bon ami, le temps est une chose qui ne se rattrape pas! dit gravement Daniel Hasser. C'est notre seul bien réel.... Avez-vous songé quelquefois à faire le calcul du nombre effroyable d'heures que nous perdons?... A quel total d'années n'arriverions-nous pas?...

— On ne peut toujours travailler; il faut un repos à l'esprit comme au corps, dit Bernard.

— Ce n'est pas à se reposer qu'on gaspille la moitié de sa vie; c'est à se livrer à des plaisirs très fatigants et stupides, la plupart du temps.

— Le travail fatigue aussi! reprit Karl Vivien. Tu ne peux prétendre que notre ami Dubuit ait perdu beaucoup d'heures au plaisir.... Il me paraît cependant très las!... »

Tous les yeux se portèrent sur le docteur qui, un peu pâle, l'air absorbé, se renversait sur sa chaise, et semblait respirer avec peine.

Il paraissait très souffrant.

« Père, es-tu malade? » s'écria Clotilde, en se levant avec effroi.

Dubuit fit effort.

« Non, ma petite fille, je suis un peu fatigué seulement, comme le disait Vivien tout à l'heure. J'ai beaucoup travaillé depuis deux nuits!... Je suis, je crois, sur la trace d'une découverte très intéressante, mais dont je ne veux pas parler encore....

— Je t'ai entendu rentrer dans ta chambre cette nuit; il était quatre heures, dit Bernard d'un ton de reproche affectueux.... Et, à huit heures, tu revenais dans ton laboratoire!

— Vous avez tort, mon cher, déclara très sérieusement Hasser, qui avait observé son ami avec une attention extrême Vous vous épuisez! Si vous tombez malade, adieu les recherches et les études! Il faut vous ménager!

— Je ne suis pas malade! J'éprouve quelques troubles nerveux sans aucune gravité. Un peu de repos me remettra. Je me sens mieux déjà. Buvons au succès de Bernard. A son prochain titre de licencié. J'espère bien, mon cher Bernard, que tu seras reçu au premier examen.... Tu ne m'infligeras pas la honte d'un échec.

— Je ferai de mon mieux », dit Bernard un peu confus..., car il sentait que ce mieux était peu de chose.

Au moment où le docteur portait son verre à ses lèvres, une horrible contraction au cœur lui coupa la respiration.... Une expression de souffrance vive passa sur son visage.

« Vous êtes malade! s'écria Hasser.

— Oui, murmura-t-il en perdant connaissance. »

Un indescriptible tumulte succéda à la paisible joie de tout à l'heure. Clotilde, épouvantée, prise d'un tremblement convulsif, essayait de desserrer les vêtements de son père. Daniel Hasser l'écarta :

« Courez chercher un médecin », dit-il à Vivien qui s'élança au dehors.

Puis, aidé de Bernard, il souleva le malade et le porta sur son lit, dans la chambre voisine.... Blême, sans mouvement et sans pouls, le docteur semblait mort. Cette affreuse pensée vint en même temps à Clotilde, à Bernard et à Manette.

« Non, dit Daniel Hasser!... Pas encore!... Avez-vous de l'éther? une seringue à injection? »

Il passa dans le cabinet de travail, y trouva ces objets, et revint disant :

« Le péril est urgent; nous ne pouvons pas attendre. Je prends sur moi la responsabilité d'essayer.... »

L'injection produisit quelque effet. Le docteur rouvrit péniblement les yeux. Une lueur d'intelligence passa dans son regard, qui se posa sur Bernard et sur Clotilde..., mais la pâleur de la mort envahit son visage. Il fit un dernier effort, et murmura en regardant Bernard :

« Dévoue-toi pour eux!... Tu seras le chef!... »

Ses yeux se brouillèrent, ses lèvres murmurèrent une prière suprême, et sa tête retomba lourdement sur l'oreiller.

A ce moment, Vivien rentrait, amenant un médecin, qui demeurait dans le voisinage.

« Il est trop tard! » s'écria Daniel Hasser, avec une émotion poignante.

Clotilde, à demi morte, pleurait, à genoux devant le lit. Bernard, la gorge contractée, les yeux secs, les tempes serrées, étouffait.

Manette en larmes, courut chercher les deux petits tout endormis.

« Que faites-vous? dit Vivien. Il faut laisser reposer ces pauvres enfants.

— Ils doivent embrasser leur père encore une fois; et je les amène pour cela. »

Bernard souleva s es frères dans ses bras et. les approcha de leur père. Épouvantés, ils se mirent à pleurer. Et Manette, le cœur déchiré, les emmena dans leur chambre....

« Comment expliquer une mort aussi soudaine? demanda Vivien au médecin, après qu'on eût éloigné Clotilde. Il se portait bien, il y a une heure.

— C'est une erreur. Il était mourant. Il s'est surmené par l'abus du travail. Il avait une maladie de cœur fort avancée; il vient de succomber à une embolie!...

— Que Dieu ait son âme, murmura Daniel Hasser!

— C'était celle d'un honnête et vaillant homme! s'écria Bernard avec une explosion de larmes qui le soulagea. Puisse-t-il m'aider à accomplir ma tâche!... »

Les deux amis de son père lui serrèrent la main.

« Vous pouvez compter sur notre appui, dirent-ils ensemble. Vous êtes jeune, courage! »

. . . .

Après les premiers jours donnés au chagrin, il fallut songer à régler les affaires de la famille. Daniel Hasser et Bernard s'enfermèrent dans le cabinet de Dubuit et examinèrent ses papiers. Une triste déconvenue les attendait. Toute la fortune du docteur, obérée peu à peu, engloutie dans de coûteux essais, avait disparu. Il restait à peine quelques milliers de francs; mais, en balance, des factures à payer emplissaient un tiroir et formaient un total à peu près égal à ce qui demeurait du capital. C'étaient des produits chimiques, de délicats et précieux instruments, nécessaires à ces expériences qui avaient fini de tuer le pauvre rêveur.

En inventoriant les objets qui garnissaient le laboratoire, Hasser s'écria douloureusement :

« Il y a cinquante mille francs enfouis là ! Nous ne tirerons pas la dixième partie de ce que ces instruments ont coûté. Mon pauvre Dubuit s'est ruiné pour la science. Il faut être riche, pour se livrer à de pareilles occupations.

— Mon père nous laisse un nom glorieux ! dit vivement Bernard.

— Hélas ! Et c'est tout, mon bon ami, répliqua Hasser.... Il était trop désintéressé et inhabile aux affaires pour savoir tirer parti de ses découvertes. D'autres s'en fussent enrichis,... eussent obtenu quelque place en vue, un laboratoire d'essais, la croix, des titres..., lui, s'est tué et ruiné peu à peu, sans autre but que la recherche de la vérité. C'est très grand !... Mais il est certain qu'à cette heure je préférerais, dans votre intérêt à tous, qu'il eût connu un peu mieux la valeur de l'argent. Qu'allez-vous faire ?

— Établissons d'abord nettement la situation », dit Bernard, retrouvant ses principes de droit, trop négligés jadis par lui.

On inventoria le laboratoire, la bibliothèque, le mobilier, et il se trouva que le tout pourrait produire, en vente publique, une somme de trente mille francs. Tous deux restèrent, un moment, découragés, devant ce triste résultat....

Bernard avait été nommé tuteur de ses frères et sœur, mais Clotilde était assez femme, pour qu'on pût la consulter en cette extrémité. On la fit venir avec Manette, qui

Il y a cinquante mille francs enfouis là!

2

représentait dans ce conseil de famille le bon sens et le
dévouement.

Clotilde avait mené, jusqu'ici, la vie insoucieuse de la
plupart des jeunes filles, qui ne songent guère aux choses
sérieuses. Aucun des enfants du docteur, pas plus que
Manette n'avait jamais eu le moindre soupçon d'un tel état
de choses. Ce fut donc avec consternation que les deux
femmes apprirent le résultat de l'inventaire.

« Mon Dieu! qu'allons-nous faire? murmura Clotilde,
effrayée d'abord. Il n'y a pas là une somme suffisante pour
vivre deux ans!... Le loyer seul est de quatre mille francs!

— Oh! il ne faut pas songer à rester ici, répliqua vivement Bernard. Nous devons garder notre capital intact.
C'est à moi de subvenir aux besoins de la famille! Je le
ferai! »

Pauvre Bernard! Il dit ces mots avec une crânerie qui
rassura Clotilde, et plut à Daniel Hasser. Mais celui-ci ne
s'illusionnait pas; il savait à quel point, même avec la plus
ardente volonté, de pareilles promesses sont difficiles à
réaliser.

« Tu abandonnes le droit? dit-il à Bernard.

— Ah! vous croyez que c'est nécessaire?... Cependant un
bon avocat gagne des sommes énormes!...

— Un avocat célèbre, oui;... mais tu n'es même pas licencié. Et comment finirais-tu tes études? Il te faut encore un
an, au moins, avant de pouvoir te présenter au barreau....
Combien de mois ensuite attendras-tu ta première cause? Et
pendant ce temps comment pourrez-vous vivre, si ce n'est en
écornant votre capital?

— Eh bien! je renoncerai à cette carrière, soupira Bernard désappointé.... Et cependant, j'aurai donc perdu deux ans, en des études qui ne me serviront à rien.

— Ne crois pas cela! Il n'est jamais inutile d'être instruit. Tu es apte à faire une foule de choses, que tu ne pourrais entreprendre si tu n'avais point passé par l'École de Droit.

— Mais quelles choses, avez-vous une idée?

— Peut-être!... Je vais y réfléchir. Je connais un savant qui a besoin d'un secrétaire. Restons-en là, pour le moment. Et vous, Clotilde, que ferez-vous!

— Rien sans doute! s'écria vivement Bernard.

— Tu te trompes! répliqua-t-elle avec énergie. Je ne vois pas pourquoi la charge retomberait tout entière sur toi. Je suis jeune et forte; je travaillerai.

— Bien cela, ma chère petite, s'écria leur vieil ami en l'embrassant. Mais à quoi? Vous résigneriez-vous à entrer dans une maison de commerce? Peut-être pourrais-je vous être utile. La sœur de l'un de mes amis dirige une grande maison de fourrures. C'est un métier agréable. On touche des choses élégantes et que vous aimez, vous autres femmes.... »

Bernard avait rougi. Clotilde, embarrassée comme lui, dit :

« J'ai mon brevet, ne pourrais-je en tirer parti?... »

Daniel Hasser leva les mains, d'un air d'ironie et de pitié :

« Votre brevet, ma pauvre enfant. Oh! la belle ressource, ma foi. Et que pourriez-vous en faire, au nom du ciel? Savez-vous que chaque année des milliers de jeunes filles

acquièrent ce brevet, et se mettent sur les rangs pour obtenir le titre d'institutrice? De sorte que pour une place
vacante, il se présente plusieurs centaines de postulantes.

— Mais donner des leçons!... Je suis bonne musicienne!...

— Bonne musicienne, sans doute. Un joli talent d'amateur. Toutes les jeunes filles sont bonnes musiciennes,
à l'heure actuelle.... Et des milliers de professeurs de piano
battent le pavé de Paris, cherchant vainement des élèves.

— Vous me découragez, murmura Clotilde, les larmes aux
yeux.

— Il le faut, ma chère; c'est dans votre intérêt. Vous
avez, je le vois, ce préjugé, si répandu, que le commerce est
une déchéance, tandis qu'une dame peut courir le cachet en
robe reteinte et bottines fatiguées, sans déroger.... Quelle
funeste erreur! Je veux vous éviter des déboires. Si vous
voulez vous rendre utile, suivez mon conseil. Je ne prétends
pas vous contraindre, d'ailleurs. Réfléchissez. Vous me direz
demain ce que vous avez décidé. »

Manette, jusqu'alors, avait écouté, sans dire un mot. Seulement, elle avait approuvé du geste avec véhémence les
paroles de M. Hasser.

« Il nous faudra chercher un autre appartement, moins
cher que celui-ci, dit Bernard. Dans quel quartier? Que pense
Manette de tout cela? »

La vieille servante croisa ses mains sur son tablier et dit
d'un ton assuré :

« Je pense que vous devez écouter religieusement les
conseils de M. Hasser, qui est un homme de bon sens, un

homme pratique, un homme que j'estime.... Vous avez tous
les deux une mauvaise honte qui vous éloigne du commerce.
Vous avez tort. Mieux vaut payer son boulanger en vendant
des fourrures, que faire des dettes et marcher très fier
avec des bottes percées. Quant au logement, mon avis est
qu'il ne faut pas rester à Paris, où la vie est coûteuse et l'air
malsain. Si nous sommes obligés de nous enfermer dans un
petit appartement au cinquième, avec du bruit autour de
nous, des chambres étroites, dans un quartier pauvre, les
enfants tomberont malades....

— Et où pourrions-nous aller? » demanda Clotilde, qui
n'avait jamais, pas plus que Bernard, envisagé la possibilité
de vivre ailleurs qu'à Paris.

« Où? à Honfleur.... »

Le frère et la sœur se regardèrent. Ils n'avaient pas songé
à cela....

« Nous avons là notre maison, continua Manette avec
énergie. Nous y sommes chez nous.... Il y a de l'air et du
soleil, un grand jardin....

— C'est une bicoque, dit dédaigneusement Bernard....
Une maison de paysans. Nous nous en contenterions pour
quelques mois d'été.... Mais s'y installer à demeure.... Cela
manquerait de confortable....

— Ta! ta! ta! riposta Manette d'un ton véhément. Tu ne
trouves pas suffisante pour toi la maison où ta mère est
née?... Une maison de paysans?.... Est-ce que les paysans
ne valent pas les gens des villes? Si ton père était resté à
Honfleur, dans ce vieux logis que tu dédaignes, il vivrait
encore, et vous seriez plus riches que vous ne l'êtes! Paysans!

Tes ancêtres l'étaient! Le père de ton père labourait son champ. Et il mourut vieux!... tandis que mon pauvre maître s'est brûlé le sang pour ces mauvaises bêtes de microbes qu'il passait les nuits à étudier!... »

Bernard, froissé, haussa les épaules.... M. Hasser intervint.

« Manette a raison, dit-il avec fermeté. D'abord, en défendant vaillamment les vieux souvenirs de race que vous paraissez oublier trop vite. Ensuite en conseillant d'habiter la maison de Honfleur. Il est certain que la vie à la campagne sera beaucoup plus saine et plus économique.

— Bien, monsieur; mais si nous allons à Honfleur, vous renoncez à me trouver cette situation de secrétaire. Et Clotilde?...

— Vous resterez tous les deux à Paris?

— Nous éloigner des enfants!... Je crois que mon devoir est de rester auprès d'eux! s'écria chaleureusement Clotilde. Je les aime trop, pour pouvoir me résoudre à m'en séparer.

— Ma chère petite, cet élan d'affection vous fait honneur. Voulez-vous, alors, aller avec eux, dans la vieille maison de Honfleur? Je suis certain, par mes relations, de vous trouver une situation dans une maison de la ville,... chez un armateur.

— Quel genre de situation?

— Vous connaissez, j'imagine, suffisamment la tenue des livres, puisque vous avez votre brevet? »

Clotilde fit un geste de refus. Bernard s'écria :

« Monsieur, vous ne songez pas qu'à Honfleur, qui est une petite ville, nous sommes connus. A Paris, du moins, on se perd dans la foule.

— Vous auriez quelque dégoût à ce que les gens qui vous connaissent sachent que vous êtes tous deux forcés de travailler? »

Bernard ni Clotilde ne répondirent. Ils éprouvaient la même aversion pour un genre d'occupations subalternes, qui les amoindrirait, pensaient-ils, aux yeux de ceux qui avaient connu le Dr Dubuit.

M. Hasser secoua la tête.

« N'écoutez pas l'orgueil : c'est un mauvais conseiller, dit-il tristement. Et encore le sentiment qui vous anime n'est pas même l'orgueil. C'est tout au plus la vanité! »

Mme Vernhes fit asseoir sa visiteuse.

II

Quelques jours après la mort de leur père, les Dubuit reçurent une lettre d'une vieille cousine, qu'ils n'avaient jamais vue, à laquelle ils avaient annoncé le malheur qui les frappait.

Dans toutes les familles, il existe ainsi des parents, dont on ne se rappelle l'existence que lorsque survient quelque grave événement.

Mme Augusta Vernhes était une femme de lettres; elle publiait des poésies dans les revues spéciales pour les jeunes filles. Elle écrivit à ses jeunes cousins quelques paroles de condoléances, en s'excusant de ne pouvoir aller les visiter.

Clotilde rêva un moment, après la lecture de cette lettre. Elle avait lu quelquefois des poésies signées Augusta, dans le

Rosier blanc, petit journal innocent qui publiait des ouvrages de dames, et des conseils pieux aux jeunes filles.

Une idée subite lui venait. Si elle s'adressait à sa cousine? Peut-être celle-ci voudrait-elle lui être utile? lui procurer quelque situation plus décorative que celle de vendeuse chez un fourreur, ou caissière chez un armateur.

Elle était instruite; au couvent, elle avait toujours eu le premier prix de style. Pourquoi, ainsi que faisait sa cousine, n'écrirait-elle pas? Elle résolut d'aller la voir le lendemain et communiqua cette décision à son frère et à Manette, mais sans leur parler de l'espérance qu'elle fondait sur cette visite.

Toute la soirée, dans sa chambre, pendant que Manette, couchait Jean et Roger, elle essaya de faire des vers, un simple quatrain, pour pouvoir montrer comme échantillon à la cousine. Mais la rime se montra rebelle. Et Clotilde, pour se consoler, songea qu'il faut, sans doute, une sérieuse préparation avant de pouvoir faire rimer deux alexandrins. Qu'importait cela! Elle était résolue à travailler. Rien ne la rebuterait!

Elle rencontrait parfois, dans le monde, des auteurs célèbres; on avait parlé devant elle des sommes importantes qu'ils gagnaient avec un seul volume. Pourquoi ne réussirait-elle pas de même? Elle se voyait déjà soutenant toute la famille, ce qui permettrait à Bernard de continuer ses études de Droit, et de devenir un avocat célèbre.

Le lendemain, Manette commençant les préparatifs de départ pour Honfleur, et Bernard étant occupé avec M. Hasser à faire enlever une partie du mobilier que l'on devait porter à la salle des ventes, Clotilde se dirigea seule vers la rue des Batignolles, où demeurait Mme Vernhes.

Depuis le boulevard Saint-Germain la route était longue. Et pour la première fois, la jeune fille dut monter seule en omnibus. Jadis, on l'accompagnait toujours; elle faisait pour la première fois, l'apprentissage des nécessités de la vie. Un peu de gêne la saisit d'abord; il lui semblait, bien à tort, qu'on l'examinait avec curiosité. Après un moment, elle releva les yeux et regarda ses voisins.

Rien d'amusant, pour l'observateur, comme l'intérieur d'une voiture publique. Ces gens qui changent à chaque station, et sont si dissemblables, et préoccupés d'affaires si différentes, amusent l'esprit.

Une jeune fille élégante, coiffée en bandeaux plats, portait un carton de modiste sur les genoux; une autre lisait, avec attention, une petite brochure, et semblait apprendre un rôle, car, fermant son livre, de temps à autre, elle répétait des lèvres ce qu'elle venait de lire; une grosse dame, deux ou trois vieux messieurs, des employés se rendant à leur bureau, un dessinateur chargé de cartons, et enfin, en face de Clotilde, un vieux monsieur, portant dans ses bras deux arbustes en pots, emplissaient la voiture.

Comme on allait partir, une dame d'allure hautaine arriva:

« Complet à l'intérieur! » dit le conducteur.

La dame regarda d'un air de reproche et d'attente chacun des messieurs commodément assis. Nul d'entre eux ne bougea. Elle, audacieuse, demanda:

« L'un de ces messieurs sera-t-il assez aimable, pour m'offrir sa place? »

En disant cela, elle regardait celui qui tenait les deux pots
à fleurs, et qui avait l'air d'un très bon naturel ; sa physionomie exprimait une placidité souriante que des observateurs
superficiels eussent pu prendre pour de la niaiserie.

« Mon Dieu, madame, ce serait avec plaisir. Mais je vais
loin !...

— Moi aussi !

— Et ces deux plantes m'embarrassent beaucoup....
Néanmoins, je suis heureux de pouvoir vous être agréable. »

Cette dernière phrase n'était pas exacte ; il était visible que
ce pauvre monsieur n'était pas heureux autant qu'il le disait.

Il se leva ; la dame impolie prit sa place, avec un bref
remerciement ; et chacun des spectateurs de cette scène
admira en soi-même l'effronterie de cette femme et la sottise
de sa victime. Clotilde, cependant, se sentit intéressée par
l'air de bonté de ce brave homme, par le sacrifice qu'il
venait de faire à une inconnue mal élevée. Elle l'examina.

C'était un homme âgé de soixante ans environ ; il était assez
mal vêtu d'une redingote luisante, et son chapeau de soie
avait des reflets rouges piteux à voir. Il gardait ses arbustes
dans ses bras, et tâchait d'écarter d'eux tout choc dangereux.

L'omnibus, à mesure que l'on approchait des Batignolles,
se vida peu à peu ; il ne resta plus, en arrivant au square
que cet individu et Clotilde. Elle descendit la première ; et,
regardant autour d'elle, tâcha de s'orienter, car jamais elle
n'était venue dans ce quartier.

« Puis-je vous être utile ? lui demanda son compagnon
de voyage. Où allez-vous ? »

Clotilde hésita à répondre ; mais il avait l'air bon et naïf, avec ses pots de fleurs dans les bras ; et d'ailleurs, ils avaient, pour ainsi dire, fait connaissance, pendant le trajet, sans s'être adressé la parole.

Clotilde fit un pas pour s'éloigner.

Elle répondit :

« Je vais dans la rue des Batignolles.

— Nous y sommes. A quel numéro?

— Au numéro 78....

— C'est la maison que j'habite. Et j'y connais tous les locataires, qui ne sont pas nombreux. Qui allez vous voir ? »

Il devenait indiscret; néanmoins, Clotilde, quoique contrariée, dit :

« Je vais voir Mme Augusta Vernhes.

— C'est ma parente, s'écria-t-il ! Elle a dû vous parler, sans doute, de M. Célestin et de son jardin ?

— Non.... Ma cousine a un jardin ?

— Votre cousine ? Vous êtes la cousine d'Augusta ? répéta M. Célestin d'un air pensif, en examinant le crêpe de deuil et la physionomie triste de la jeune fille. Ne seriez vous pas Mlle Dubuit ?

— Oui », dit Clotilde, de plus en plus surprise d'être connue de ce singulier personnage.

Ils étaient demeurés immobiles, près du square, sous l'ombre de l'église Sainte-Marie. Clotilde fit un pas pour s'éloigner ; il l'accompagna.

« Je vais avec vous ; je vous introduirai moi-même. Justement Augusta doit être chez elle. Elle rentre toujours pour cette heure-ci. Elle sera charmée de vous voir. »

La maison portant le numéro 78 était située juste vis-à-vis l'église. C'était une très petite maison à trois étages ; il n'y avait pas de concierge, ce que beaucoup considèrent comme un grand avantage. Chacun des locataires, — ils étaient quatre, — avait une clef ; le propriétaire qui tenait un comptoir de marchand de vins au rez-de-chaussée, se chargeait de balayer les escaliers.

Cette patriarcale maison était habitée depuis plus de trente ans par les mêmes familles. Il ne s'y faisait jamais, ni changement, ni réparation. Mme Vernhes et Célestin y étaient de temps immémorial; l'employé du second et la femme de ménage qui habitait une mansarde du troisième étage, à côté de celle de M. Célestin y étaient venus peu de temps après Augusta. Tous ces gens se connaissaient. La femme de ménage servait Augusta; l'employé faisait des parties d'échecs avec Célestin. C'était comme une petite famille amie, dont était exclu seulement le propriétaire, homme grincheux, chez lequel M. Célestin prenait pension.

La maison était propre, mais pauvre d'aspect. Pas de tapis; les murs humides, les portes manquant de peinture, et dans l'escalier régnait une senteur de vin sortant de chez le propriétaire.

Clotilde, habituée à un intérieur élégant, hésita dans le vestibule.

« Eh bien! avancez; l'escalier est un peu sombre, mais il est très doux. D'ailleurs Augusta demeure au premier étage, et il y a seulement dix-huit marches à monter », dit M. Célestin.

La jeune fille se décida; mais tout à coup un violent découragement l'avait prise. Pour que sa cousine habitât cette misérable maison, il fallait que la littérature fût un triste métier. A moins que Mme Vernhes ne fût de nature très économe.

On arriva au premier étage, composé d'un unique appartement de trois pièces. M. Célestin tira la patte de lièvre, toute pelée, qui entrée là, avec la locataire, trente ans auparavant, s'était, autant qu'elle, montrée fidèle à la maison.... Une petite sonnette tinta dans l'intérieur, et un pas rapide s'approcha; une voix féminine demanda :

« Qui est là?

— C'est moi, Célestin. Je vous amène votre cousine Mlle Dubuit.

— Ma cousine?... »

Un bruit de clefs et de verrous. La porte s'ouvrit; et Clotilde vit devant elle, dans l'ombre d'un minuscule vestibule, une petite vieille extraordinairement ridée, jaune, recroquevillée, ayant l'apparence d'une fée des contes de Perrault!... Cette miniature de femme, lui arrivant à peine à l'épaule, et la regardant de bas en haut, avec deux yeux noirs perçants et vifs, demanda :

« Vous êtes la petite Clotilde?... La fille de ce pauvre Léon qui vient de mourir. Oui, je vous vois en deuil. Entrez, ma chère cousine. C'est fort aimable à vous de me venir visiter.... Nous ne nous sommes pas perdues de vue... puisque nous ne nous sommes jamais rencontrées jusqu'à ce jour. Mais j'ai connu votre père, quand il était encore un bambin. »

Tout en bavardant avec volubilité, elle serra les mains de Clotilde, et l'entraîna dans un salon-cabinet-de-travail-chambre-à-coucher d'une propreté scrupuleuse, garnie de meubles à plusieurs fins. Un canapé-lit occupait un angle; un secrétaire, qui servait de lavabo le matin, renfermait, le jour, les ustensiles de toilette. Il y avait d'ingénieux arrangements : de petites caisses recouvertes d'étoffes, et où l'on enfermait les oreillers; une alcôve convertie en armoire, et ornée de draperies.

Quelques fauteuils de reps grenat, une bibliothèque en faux vieux chêne, une grande table chargée de papiers et de livres, indiquant les occupations habituelles de la maîtresse du logis, meublaient suffisament la chambre.

Entrez, ma chère cousine.

Mme Vernhes fit asseoir sa visiteuse, et, avant de lui adresser la parole ou de l'écouter, s'écria :

« Comment, Célestin, vous êtes entré ici, avec vos plantes. Vous n'allez pas les poser sur le tapis et m'y faire des taches de boue ! »

Ce tapis était une mauvaise carpette de feutre, extrêmement usée; de plus en plus, en voyant cet intérieur, Clotilde se convainquait de la position gênée de sa cousine... et cela, avec un réel désappointement... Car si Augusta n'avait su arriver à rien pour elle-même, que pourrait-elle pour une autre?

« Je suis heureuse de vous connaître, dit celle-ci, pendant que Célestin allait porter ses plantes sur le carré. Mais pourquoi l'idée de me voir vous est-elle venue si tard?

— C'est votre lettre qui m'a fait penser à cela, balbutia Clotilde embarrassée. Je... je ne vous avais jamais vue... et mon père ne nous parlait pas de vous....

— Naturellement, dit Augusta, dont la voix cassée avait des notes stridentes assez peu agréables.... Quand on est le célèbre docteur Dubuit on ne se souvient guère de l'existence d'une parente pauvre....

— Mais, madame, vous vous méprenez absolument, s'écria Clotilde ! Mon père était très préoccupé de ses travaux. Et il ne pensait guère qu'à ses recherches scientifiques. Il en est mort, hélas !

— Oui. J'ai vu cela dans les journaux.... Il a eu une bonne presse,... ricana la vieille dame, qui semblait avoir gardé quelque ancienne rancune.... Peste ! Notre famille est célèbre ! Lui et moi, nous l'illustrons !... Seulement, je n'ai guère eu que les fumées de la gloire, moi. Tandis que lui a eu, j'imagine, quelque chose de plus solide. »

Désolée d'être venue là, pour entendre de si singuliers propos, Clotilde voulut répondre, mais Augusta l'interrompit, en disant :

« Du moins, je n'ai pas été importune ; on n'a pas eu souvent la visite de la cousine pauvre....

— Madame... je regrette....

— D'être venue?.. » interrompit ironiquement Augusta....

M. Célestin intervint avec autorité :

« Certes, elle a sujet de le regretter, dit-il avec sévérité. A-t-on l'idée d'un pareil procédé? Est-ce là un accueil à faire à une jeune fille qui vient de perdre son père, et qui a la bonne pensée de visiter une parente qu'elle ne connaissait pas? »

Mme Vernhes rougit. Ses petits yeux étincelants lancèrent des éclairs.

« Vous savez quels procédés on a eus avec moi?

— Cette enfant les ignore, sans doute. Vous ne pouvez l'en rendre responsable....

— Quels procédés? interrogea Clotilde, le cœur serré par une aussi disgracieuse réception. Je ne sais à quoi vous pouvez faire allusion et je vous demande de m'expliquer vos paroles, madame.

— Tout de suite, ma chère amie....

— C'est inutile, s'écria Célestin! A quoi bon revenir sur les choses passées, et causer un chagrin à votre cousine?

— Je parlerai, Célestin; ce n'est pas vous qui m'en empêcherez!...

— Alors, je m'en vais. Il est préférable que vous soyez seules, toutes deux. J'ai d'ailleurs à installer mes deux

poiriers en espalier, au midi.... Vous ne manquerez pas
d'amener Mlle Dubuit faire un tour de jardin, avant son
départ, lorsque vous l'aurez bien contrariée. Cela lui détendra
les nerfs. »

Il partit en saluant d'un sourire amical Clotilde, qui se
sentit un peu effrayée de se trouver en tête à tête avec sa peu
aimable cousine.

« Il est original, mais c'est un excellent homme! dit
Mme Vernhes. C'est mon cousin et mon filleul. »

Il semblait singulier que Célestin eût encore sa marraine :
mais, à vrai dire, celle-ci était ridée, branlante et décrépite
assez pour avoir pu servir de marraine au siècle finissant.

« Malgré les objurgations de Célestin, je veux vous raconter
ce que j'ai à reprocher à votre père, et qui m'étoufferait, si
je ne vous le disais! Oh! ne vous redressez pas d'un air si
fier, ma belle! Votre père était, je le crois, un grand savant,
un médecin habile, et peut-être un homme ordinairement
bon. Mais, une fois, en sa vie, il a mal agi.

— Madame, je suis en deuil de lui..., dit Clotilde, d'une
voix tremblante.

— Ma petite, je ne parle pas dans le but de vous faire de
la peine. Laissez-moi vous dire les faits. Je suis cousine
germaine du docteur; nos mères étaient sœurs. Je me trouvai
veuve à quarante ans, avec un peu de fortune... trop peu. Je
me mis à faire de la littérature, et je parvins à vivre. Il y a
huit ans, je me trouvai ruinée par le banquier chez lequel
j'avais mis mon avoir; il prit la fuite, en emportant
tout. De ce coup, je tombai malade, et sans la bonté de
Célestin, j'aurais été forcée d'aller à l'hôpital, ou de vendre

tous mes meubles.... Lorsque j'étais en convalescence, trop faible encore pour sortir, je reçus une lettre imprimée, m'annonçant la mort de votre mère. Cela me fit songer que j'avais des parents riches, qui voudraient peut-être m'aider. J'écrivis à votre père; ce fut Célestin lui-même qui alla porter la lettre.... Le docteur Dubuit ne daigna pas même répondre.... Oui, il me laissa dans la plus affreuse détresse, incapable de travailler pendant plusieurs mois, manquant de tout si je n'avais pas eu Célestin.... »

Il y avait là quelque chose d'incompréhensible. Clotilde, atterrée, demeura stupéfaite.

« M. Célestin a-t-il vu mon père? Lui a-t-il parlé?

— Non. Ce fut un domestique qui reçut la lettre. »

Immédiatement un travail se fit dans l'esprit de la jeune fille. Elle supposa que Manette avait oublié de rendre la lettre à son père, ou peut-être, flairant une demande de secours, l'avait-elle supprimée tout simplement. Elle était assez audacieuse, dans son zèle mal entendu parfois, pour avoir osé faire cela....

« L'enveloppe était cachetée, naturellement? dit-elle.

— Non. A quoi songez-vous? Puisque je la confiais à Célestin, je ne me permettais pas d'assimiler mon cousin à un vulgaire commissionnaire, et de prendre des mesures de défiance vis-à-vis de lui....

— Oh! madame, de là, sans doute, vient tout le mal. Manette aura lu la lettre et se sera permis de la détruire.

— Qu'est-ce que Manette? »

Clotilde dut expliquer ce qu'était la vieille bonne qui les avait élevés; autoritaire, acariâtre et dévouée. Mme Vernhes parut admettre difficilement qu'on laissât prendre à une servante de telles allures.

« Faites une enquête en rentrant chez vous, dit-elle ; et si vous trouvez que cette fille est coupable d'une pareille action, j'imagine que vous n'hésiterez pas à la renvoyer, elle et son dévouement.

— Hélas ! Quelle enquête faire, après huit ans écoulés ? Et puis.... Manette nous est indispensable.... Elle fait partie de la maison. Elle nous aime comme si nous étions ses enfants et n'admettrait pas du tout qu'on pût penser à la renvoyer.... »

M. Célestin montra à Clotilde un pêcher en pot.

III

Mme Vernhes n'insista pas; elle reprit après un moment de silence :

« Enfin, ma chère, je vous suis reconnaissante d'avoir pensé à vous rapprocher de moi. Et je serai heureuse de continuer des relations avec vous.... Notre situation est très nette. C'est vous qui prenez l'initiative d'un rapprochement. Vous n'aurez donc pas le droit de me suspecter d'intentions cupides. »

Clotilde, fort ennuyée de la fâcheuse idée qu'elle avait eue de venir ainsi chez cette personne trop fière, saisit un biais, pour avouer la cause qui l'avait amenée.

« Nous ne pouvons vous soupçonner en rien, ma cousine, car vous êtes bien probablement plus riche que nous.... »

Augusta sursauta sur sa chaise.

« Comment? Que dites-vous?

— Mon père, en mourant, ne nous laissa pas de fortune, ajouta Clotilde. Il ne nous reste, pour tout bien, qu'une maisonnette où est née ma mère, et qui est située près de Honfleur....

— Vous me stupéfiez! dit Mme Vernhes, qui, en effet, semblait figée d'étonnement.... Je croyais que Léon était excessivement riche.... Tous les grands médecins sont millionnaires....

— Lui travaillait pour la gloire, et non pour l'argent....

— La gloire!... Fumée!... » murmura la vieille poétesse, avec un dédaigneux plissement des lèvres.

Un silence suivit. Clotilde, abordant enfin la question, dit d'une voix tremblante :

« J'étais venue à vous, ma chère cousine, pour vous demander un conseil. »

Les yeux noirs d'Augusta la regardèrent si fixement qu'elle faillit perdre courage.

« Je me trouve dans la nécessité de travailler pour aider Bernard à subvenir aux besoins de la famille. J'ai pensé que la littérature.... »

Elle hésita.

« Eh bien, achevez.

— J'ai toujours obtenu le premier prix de style au couvent. Je pourrais peut-être écrire? Des romans ou des poésies. »

Mme Augusta Vernhes avait été fort sérieuse jusqu'ici; elle devint solennelle.

« Écrire! Vous ne savez pas, ma pauvre enfant, dans quel

enfer vous entreriez, si vous mettiez à exécution une aussi
fatale pensée. A moins d'avoir un réel talent, qui demande
des années, vous entendez bien, des années, pour se former,
les gens de lettres sont les plus misérables créatures que la
civilisation ait formées. Courir de refus en refus, faire des
poésies et des livres qu'aucun éditeur ne veut publier, travailler sans savoir jamais si ce que l'on fait servira à quelque
chose... c'est un supplice. Je connais les longues stations
inutiles dans les salles de rédaction, tâchez de les ignorer toujours, vous ! Et ne croyez pas qu'un premier résultat heureux
soit un garant de succès à venir. Erreur. A chaque livre, tout
est à recommencer. A chaque œuvre, le calvaire se dresse de
nouveau et il faut le gravir. Ne pensez pas que je veuille
blâmer les gens auxquels j'ai affaire. Je les comprends. Ils
sont débordés, accablés, poursuivis, par des centaines d'in-
dividus, qui, chaque jour, par désœuvrement, vanité ou
besoin d'argent, s'imaginent qu'il suffit de savoir écrire lisi-
blement pour pouvoir se lancer dans la carrière, et y vont de
leur manuscrit. Alors, que voulez-vous que fassent les
libraires? Il faut bien qu'ils se défendent. Et pour cela, ils
le font vigoureusement, je vous l'affirme. »

Elle parlait avec une telle véhémence que sa voix s'enroua.

Clotilde en profita pour dire :

« Il y a cependant des auteurs qui réussissent brillam-
ment.

— Oui ; il y en a de deux catégories, les hommes de talent
et les intrigants. Ces derniers sont les pires; à force d'as-
siéger les gens, de les ennuyer, ils se glissent par la porte
entre-bâillée. Mais tout le monde n'est pas doué d'assez de

souplesse, d'audace et d'obstination pour se tirer d'affaire comme ils le font. Quant au talent, on n'en a pas, à votre âge. Il faut avoir vécu, étudié la vie, pour la pouvoir décrire. Je vous vois très désappointée. Se peut-il que, réellement, vous ayez compté sur une pareille planche de salut?

— Hélas, oui!... Je ne sais que faire!

— Attendez un peu. Votre père est mort depuis très peu de temps. Ses amis vous viendront en aide; ils vous trouveront quelque situation.

— Oui, dans le commerce! » s'écria Clotilde avec une moue dédaigneuse.

Augusta la regarda, un demi-sourire au coin de la lèvre.

« Vous ne voulez pas déchoir, dit-elle, avec une ironie que la jeune fille ne comprit pas. Il vous faut une carrière libérale, ainsi nommée, je suppose, parce que celui qui l'exerce a la plus grande liberté pour mourir de faim. Comment n'avez-vous pas songé à l'enseignement?

— Justement! J'ai mon brevet!

— Ah! ma pauvre cousine, je vois bien que vous avez résolu de faire connaissance avec la famine! s'écria Mme Vernhes, en se levant brusquement. Venez! Allons faire un tour de jardin; je me suis échauffée plus qu'il ne convient, cela me détendra les nerfs. »

Clotilde fut forcée de se lever aussi, un peu froissée de l'aisance avec laquelle la cousine coupait court à la conversation et se désintéressait d'elle; elle la suivit pourtant sur le palier, et la voyant commencer à monter l'escalier, dit :

« Je croyais que nous allions visiter un jardin?

— Oui, le mien, ou plutôt celui de Célestin, est sur les

toits. J'aime à me figurer, lorsque je m'y promène, que je
suis dans l'un des jardins suspendus qui rendirent Babylone
célèbre. »

Cette audacieuse comparaison n'était guère applicable à la
petite terrasse sur laquelle, avec l'assentiment du propriétaire, M. Célestin avait disposé de la terre en plates-bandes,
le long du mur de la maison. Cette terrasse servait de balcon
à sa mansarde, et de toit au second étage de la maison, car
le dernier étage était bâti en retrait.

Sur un espace de quelques pieds carrés, l'ingénieux Célestin avait organisé un véritable parterre. Comme on était
au commencement du printemps, des touffes de violettes, de
pensées, de myosotis bordaient les allées. On appelait allées,
dans le jardin de Célestin, d'étroits sentiers de la largeur du
pied de son propriétaire. C'était, du reste, très suffisant pour
pouvoir circuler.

Devant le mur des mansardes, il y avait des arbres fruitiers
en pots, et quelques légumes dans des caisses basses : radis
et laitues montraient leurs petites feuilles vertes, sortant du
noir terreau soigneusement drainé. En ce moment, M. Célestin, coiffé d'un chapeau de paille, comme un véritable
jardinier, s'occupait à palisser au mur, au moyen d'un ingénieux support de son invention, les deux plantes qu'il avait
avec tant de soin rapportées à travers Paris.

« Ce sont deux poiriers, William et Duchesse. Nous en
aurons cette année. Voyez comme la floraison s'est bien
effectuée. Chacun d'eux rapportera au moins vingt fruits. Ils
seront là, au sud-est, dans la meilleure exposition. Eh bien,
mademoiselle, que dites-vous de mon jardin?

— Il est charmant! s'écria Clotilde avec sincérité.

— L'air y est pur, car nous sommes assez élevés, et devant un square planté d'arbres. Nous passons là toutes nos soirées d'été. »

Clotilde vit deux fauteuils d'osier posés dans l'embrasure de la porte-fenêtre. Là, les deux vieux amis venaient se donner l'illusion d'être loin de Paris, ou du moins bien au-dessus de lui.

Les bruits de la rue arrivaient affaiblis; on n'avait guère de regards curieux à craindre, non pas que les fenêtres voisines fussent inoccupées, mais une haute et large cheminée, qui bordait tout un côté du jardin, le préservait des curieux.

« Depuis vingt ans, je n'ai pas vu une autre campagne que celle-ci, dit Augusta simplement. Nous y passons des heures vraiment agréables. Il n'y a qu'un ennui, c'est que c'est un peu haut, et mes jambes deviennent vieilles et raides. »

Clotilde, apitoyée, regarda la cousine, qui, appuyée sur le parapet bordant la terrasse, regardait au loin. Pauvre femme! Depuis vingt ans, n'avoir pas quitté cette triste maison, avoir eu pour perspective cet océan de cheminées, ces myriades de toits que l'on apercevait, se profilant à l'infini sur le ciel gris perle où couraient de très légers nuages!

« Nous avons, vous le voyez, une fort belle vue, reprit Célestin. Tout le côté ouest de Paris se déroule devant nous. Voyez-vous, là-bas, cette masse de verdure, c'est le Bois de Boulogne.

— Voici les deux tours du Trocadéro! ajouta Augusta, et vous reconnaissez cette affreuse tour Eiffel

— Comment, affreuse?

— Oh! oui. Au point de vue artistique, c'est une mons-
truosité! s'écria Mme Vernhes, qui s'emballait avec facilité
sur toutes sortes de questions. Cela semble un échafaudage
gigantesque. Pas de ligne, une silhouette bête, et cela se
permet de dominer Paris, c'est-à-dire Notre—Dame, le Louvre,
la Sainte-Chapelle, l'Arc de Triomphe! On me répond que
c'était très difficile à faire! Je voudrais que c'eût été impossible! C'est le seul point désagréable du jardin, cette longue
armature de fer, plantée devant nous comme un I majuscule.
J'ai fait un article là-dessus. Ne l'avez-vous pas lu?

— Dans le *Rosier Blanc*? Non, ma cousine. »

M. Célestin s'occupait à redresser de petites tigelles de
volubilis, qui commençaient à sortir de terre, au pied de la
balustrade que ces fleurs étaient destinées à garnir.

« Croiriez-vous, Célestin, que Mlle Dubuit avait l'idée, en
me venant voir, de me demander de la pousser dans la littérature? »

Célestin, effaré, se redressa.

« Oui, continua Augusta, elle avait ce triomphant projet.
Je lui ai dit ce que nous pensions tous deux des carrières
libérales. »

M. Célestin secoua les épaules avec découragement et ne
souffla mot.

« Voici mon ami, reprit Augusta, qui est un homme
instruit, professeur de sciences naturelles. Demandez-lui
quels beaux émoluments il touche. Il lui vaudrait bien mieux
être épicier.

— Pourquoi, épicier ?

— Parce que, en disant ce mot, j'aperçois en bas, dans la

rue, le magasin de Varade, marchand de comestibles. Et je vois cet homme, lui-même, gros, gras, pesant, un personnage riche, qui a sous ses ordres quatre garçons et deux servantes. Croyez-vous qu'il ne fait pas meilleure figure que Célestin? »

Clotilde ne put s'empêcher de sourire.

« Tout le monde ne peut être M. Varade, dit-elle. Et vous avouerez qu'il y a quelque plaisir à se sentir un homme instruit, supérieur à tous ces gens-là.

— Je m'imagine aussi, riposta Mme Vernhes, qu'il y a quelque plaisir à vivre dans la sécurité du lendemain. Et rien n'empêche Varade d'être instruit; cela n'est pas incompatible avec ses occupations. Je le déclare, j'aimerais mieux vendre du sucre et de la chandelle que des vers et de la prose.

— Venez voir mon pêcher, dit vivement Célestin à Clotilde, en interrompant des lamentations auxquelles pourtant il eût dû être habitué. C'est une *Belle Beauce*. Les fruits sont déjà formés, il y en a douze, vous en mangerez, j'espère. »

Et il montra à Clotilde un pêcher en pot, exposé au plein midi, à l'angle de la grande cheminée-écran qui enclosait le côté nord du jardin.

« De votre maison de Honfleur, voit-on la mer? demanda Mme Vernhes.

— Oui. Elle est située au pied de la côte de Grâce. De nos fenêtres, à travers les pommiers, nous voyons la mer, et, dans le lointain, les côtes, jusqu'au Havre. C'est l'immensité.

— Vous êtes heureuse! dit pensivement Augusta. Achever de vivre dans un beau pays, baigné d'air et de soleil, ce serait un rêve.... Malheureusement, il ne se réalisera pas.

— Peut-être, répliqua M. Célestin. Attendons encore quelques années ; j'économise, vous savez ; nous trouverons une maisonnette dans un pays pas civilisé. Nous réunirons nos ressources et nous serons très heureux. Il y a en Bretagne des villages où l'on vit pour rien. J'aurais un jardin.... »

Tous deux, fascinés par ce rêve déjà fait bien souvent, demeurèrent un instant muets, le regard perdu dans les nuages... comme s'ils y voyaient, dans un mirage, le petit port marin où ils se sauveraient pour finir en paix leurs jours.

Clotilde voulut rentrer dans la maison.

« Vous partez?

— Oui. Je dois revenir; on serait inquiet de moi à la maison. Puis, Manette commence les préparatifs de départ.

— Quittez-vous Paris?

— Pas moi. Les enfants seulement iront avec Manette habiter la maison de Honfleur. Et c'est un bien grand chagrin d'être forcé de les quitter.

— Vous me ferez plaisir en revenant me voir, dit Mme Vernhes en lui serrant la main. Je vous ai un peu bousculée. Vous me le pardonnerez. Je suis vieille et j'ai eu tant de déboires. Cela m'a aigrie. Il faut toute la bonté de mon pauvre Célestin pour me supporter, tant je suis acariâtre, parfois. Quant à ce que vous veniez me demander, croyez-moi, renoncez à votre projet. Faites n'importe quoi, des robes, des chapeaux, des fleurs, des écritures, mais ne devenez pas un auteur.

— Adonnez-vous à l'horticulture. C'est si intéressant ! dit Célestin.

— A l'horticulture! Encore votre marotte! Comment en ferait-elle? Où?

— A Honfleur! La maison est sans doute entourée d'un jardin.

— Vous êtes fou! Ce n'est pas l'ouvrage d'une dame! C'est bon pour mon vieux maniaque de filleul.

— Eh! eh! maniaque tant que vous voudrez! Vous n'en êtes pas moins bien satisfaite de manger mes poires et mes pêches, et de respirer le parfum de mes fleurs.... »

Clotilde, seule dans l'escalier, se sentit affreusement triste et découragée de ce qu'elle venait de voir et d'entendre. Il était de toute évidence que la cousine Augusta vivait chichement des petites poésies publiées dans le *Rosier Blanc* et des chroniques mondaines qu'elle faisait passer parfois dans des journaux de mode. Une chronique mondaine écrite par cette vieille petite bonne femme, cela était d'un comique irrésistible.... Et un rire involontaire venait à Clotilde, en songeant au contraste, entre la minable et caduque cousine Augusta et les splendeurs mondaines qu'elle décrivait d'une plume élégante.

M. Vautour prit les deux petits par la main.

IV

La maison de Honfleur était située à peu de distance de la ville, les derniers contreforts de la côte de Grâce la dominaient; le chemin par lequel on y arrivait semblait un parc verdoyant, une allée ombreuse bordée de petites villas riantes derrière les grilles de leurs jardinets.

Cette maison était précédée d'un champ planté de pommiers, qui, à cette époque de l'année, étaient couverts de fleurs et semblaient d'énormes bouquets de roses.

Jamais Clotilde n'était venue là au printemps; elle fut émerveillée en voyant cette contrée en fleurs: vu des hauteurs, tout le pays était rose, par les innombrables fleurs de pommiers qui, sur cette côte, s'avancent jusqu'à la mer.

Mêlée à la jeune verdure printanière, cette adorable floraison donnait à la campagne un air de fête. Les flots bleus de

la mer, les délicates teintes gris perle de l'horizon faisaient
un fond splendide à ce féerique tableau. Autour des fenêtres
de la maison, une glycine mauve commençait à ouvrir ses
élégantes grappes aux retombées si ornementales. Une brise
fraîche, chargée des parfums de la terre, des jeunes pousses,
des arbres fleuris et où se mêlait l'âpre senteur marine, arrivait jusque dans le grand jardin, situé derrière la maison.

Pour la première fois, depuis la mort de son père, Clotilde
éprouvait une sensation de bonheur, en ouvrant sa fenêtre le
lendemain de leur arrivée.

Elle avait accompagné Manette et les enfants, et toute la
journée de la veille avait été employée à s'installer définiti-
vement. Il avait fallu déballer les malles, installer quelques
meubles apportés de Paris et dont ils n'avaient pas voulu se
séparer, parce qu'ils leur rappelaient des souvenirs trop
intimes de leurs parents. Ces objets arrangés avec goût donnaient à la maison un air confortable, tout à fait réjouis-
sant.

Bernard était demeuré à Paris pour chercher une situation, et Clotilde, après avoir passé quelques jours à Honfleur,
devait le rejoindre. Ils avaient trois mois de bail encore dans
leur ancien appartement du boulevard Saint-Germain; ils y
demeureraient jusqu'à ce qu'ils eussent trouvé quelque chose
à faire. Mais cet appartement, à peu près vide, où restaient
seulement les meubles les plus indispensables, leur paraissait horriblement triste.

Ces pensées vinrent à Clotilde, elle voulut les chasser et
descendit au jardin. Dans la cuisine, Manette préparait le déjeuner; les deux petits, déjà levés, couraient sous les pom-

Roger et Jean s'étaient arrêtés.

miers, avec des cris de joie, car, à l'encontre de Bernard et
de Clotilde, ils préféraient la campagne à Paris.

Clotilde, après une courte promenade, aperçut tout à coup
Roger et Jean arrêtés devant un homme qui, debout de l'autre
côté de la haie, les regardait attentivement.

La propriété voisine était composée d'un plant de pommiers, d'un grand jardin inculte et d'une maisonnette minuscule construite en bois, comme un chalet suisse, avec un
toit de chaume formant un large auvent. Elle appartenait à
un commerçant de Honfleur qui, parfois, y venait le dimanche
avec des amis.

Cependant, l'homme qui, debout devant la haie d'épines,
regardait les enfants, n'était pas connu de Clotilde. Il était
vêtu d'un complet bleu, avait une casquette d'officier de
marine, des ancres brodées sur son collet, une courte pipe à
la bouche, tout à fait l'allure d'un marin retraité. Clotilde,
en s'approchant, lui trouva une certaine ressemblance avec
M. Célestin : même visage glabre, maigre et allongé, même
allure gauche.

Celui-ci, pourtant, affectait un air d'insouciance et un sans-
façon que n'avait pas du tout Célestin. Il salua et dit :

« Je suis content de voir mes voisins arriver, car j'aime la
société, bien que je sois un vieux loup de mer. »

Les deux petits frères, un peu ahuris, regardaient. Roger.
qui était un garçon audacieux, demanda :

« Qu'est-ce que c'est, un loup de mer ?

— C'est un homme qui a voyagé sur mer, dit le voisin, en
éteignant sa pipe. Tel que tu me vois, mon petit, je connais
l'Océanie beaucoup mieux que la Normandie. J'ai rapporté

de mes voyages beaucoup de belles choses, des coquillages, des papillons, des armes de sauvages....

— Vous me les montrerez ? s'écria Roger, transporté à la pensée de toucher de ses mains des casse-tête et des flèches.

— Oui, tu viendras chez moi. Ma cabine en est pleine.... C'est ma maison que j'appelle comme cela, ajouta le voisin en s'adressant à Clotilde. Je me nomme Vautour, Saturnin Vautour. Et j'ai l'honneur, je pense, de parler à Mlle Dubuit ? »

Clotilde s'inclina, et ne désirant pas prolonger une conversation avec ce nouveau voisin trop vite familier, elle dit à ses frères :

« Rentrons ! Il est l'heure du déjeuner. »

Dans la journée, malgré ses multiples occupations, Manette s'informa et apprit que M. Vautour était un ancien marin fort honorable, qui avait acheté la petite maison et vivait là tout seul, s'occupant beaucoup à lire et à pêcher, ayant une barque à voiles, ancrée au pied de la côte, sous la route de Trouville. A cet endroit, c'est la Seine très élargie, presque un bras de mer, mais ce n'est pas encore l'Océan.

Plusieurs jours se passèrent. Clotilde aperçut parfois le voisin, ils échangèrent quelques phrases par-dessus la haie ; Manette, elle, voisinait plus facilement et conversait souvent avec lui.

Un soir, enfin, il s'approcha de Clotilde et lui dit :

« Vos frères m'ont demandé à voir mes collections. Ne voudriez-vous pas les accompagner ? »

La jeune fille hésita, mais M. Vautour avait un air si paisible, une bonne vieille figure ridée si respectable, qu'elle se

décida, et appelant Jean et Roger, se dirigea vers la barrière
du plant voisin. M. Vautour prit les deux petits par la main
et marcha vers sa maison; il paraissait aimer beaucoup les
enfants et riait de plaisir en écoutant babiller ceux-ci.

« Voici ma cabine ! » dit-il d'un air de triomphe en s'ef-
façant pour laisser entrer Clotilde.

De fait, ce n'était guère plus grand qu'une cabine, et il
avait fallu des prodiges d'ingéniosité pour y loger le mobilier
et le propriétaire. Les murs, boisés entièrement, étaient couverts de panoplies, d'armes, arcs, lances, casse-tête, masses
d'armes primitives, faites d'un caillou pointu, fixé solidement
par des fibres végétales à un bâton de bois dur.

Quelques aquarelles naïves, aux couleurs excessives, repré-
sentaient des bateaux, de grands voiliers, des navires de
guerre, des torpilleurs; dans une vitrine tenant tout un coin
de la pièce, il y avait une belle collection de coquillages, et
vis-à-vis, dans des cadres de bois noir, des papillons des tro-
piques, aux nuances admirables, dont les ailes semblaient
des éventails faits d'une gaze tissée par les fées. Enfin, dans
le fond, une bibliothèque pleine de livres, d'atlas, de cartes
géographiques, et sur le rebord intérieur de la fenêtre, un
énorme globe terrestre.

« Voilà. Je vis au milieu de mes souvenirs, dit M. Vautour.
Lorsqu'il fait du vent, et que je suis dans mon hamac, il me
semble encore être sur mer. »

Au plafond deux crochets pendaient, où chaque soir Saturnin accrochait son hamac.

« Vous devez être horriblement mal, dans ce filet ! s'écria
Clotilde.

— Vieille habitude de marin, dit-il. Il me serait impossible de dormir dans un lit. »

Déjà Jean admirait les coquillages, et Roger s'écriait :

« Monsieur Vautour, donnez-moi un arc et des flèches, je veux essayer de tuer des oiseaux.

— D'abord, mon petit ami, tu me feras plaisir en m'appelant M. Saturnin, nom sous lequel je suis généralement désigné ; ensuite je veux bien te donner un arc et des flèches, mais pas de ceux-ci. L'arc est trop grand pour toi, et les flèches sont empoisonnées.

— Mon Dieu ! s'écria Clotilde. Prenez garde que les enfants n'y puissent toucher !...

— Soyez tranquille ! dit M. Saturnin ; elles sont accrochées trop haut pour cela.... Enfin, continua-t-il, s'adressant à Roger, je veux bien te faire un arc, mais je ne veux pas que tu tires sur les oiseaux ! Il ne faut pas les tuer.

— Je tirerai sur une cible.

— Bien comme cela. Et tiens, j'ai là une baguette flexible. Nous allons le faire tout de suite, ton arc. »

Il avait de longues causeries avec les matelots.

V

Pendant que Clotilde admirait la beauté des papillons, dont les ailes étendues montraient de chatoyantes couleurs de pierres précieuses, Jean était en extase devant les coquillages aux formes bizarres, aux reflets splendides, à la nacre irisée des tons changeants que prend la mer au soleil couchant.

M. Saturnin alla chercher une baguette souple, prit dans une armoire de bois de fer incrustée de nacre (qu'il avait sans doute rapportée de ses voyages) une cordelette solide et commença la confection de l'arc.

« Je vais vous montrer aussi mes porcelaines et quelques broderies japonaises, dit-il à Clotilde; mais d'abord, il faut faire l'arme promise. Ma cabine est exiguë et je crains les mouvements brusques des enfants.... Quand tu auras ton arc,

tu sortiras dans le plant, et tu prendras pour but le vieux
pommier mort que tu vois couché là-bas auprès du puits. »

Les enfants sortirent ; ils se disputèrent un moment ; puis,
après quelques minutes de discussion, ils se mirent à jouer
tranquillement. Et, M. Saturnin fit admirer à Clotilde d'assez
belles porcelaines chinoises, et des broderies aux nuances
vives, si heureusement opposées les unes aux autres, où
excellent les Japonais.

« Vous êtes allé en Extrême-Orient? demanda la jeune
fille.

— J'ai voyagé.... Je connais les pays d'où proviennent
tous les objets de mes collections.

— Naturellement, puisque c'est vous qui les avez rap-
portés.

— Oh !... Pas tous!... dit-il, avec un léger embarras dont
s'étonna Clotilde.

— Vous devez avoir des souvenirs bien intéressants! reprit-elle. On voit tant de choses curieuses dans ces voyages
lointains. Notre Normandie, avec ses pommiers au bord du
flot, doit vous paraître bien peu intéressante.

— Mon Dieu, c'est un aimable petit coin verdoyant! dit
M. Saturnin, d'un ton d'indulgente bonhomie, et cette baie
minuscule est gentille. Seulement il ne faut pas comparer
cela à l'embouchure des grands fleuves américains! Le Rio
de la Plata, par exemple, ou l'Amazone!... »

Une fois sur ce chapitre, M. Saturnin parla d'abondance.
Il décrivit les mœurs, la flore, la faune, les paysages du Brésil avec beaucoup de verve. Clotilde l'écoutait avec intérêt ;
les enfants s'étaient rapprochés aussi, et l'ardeur de voyager

les saisissait tous deux. M. Saturnin ne dit pas quel grade
il avait occupé dans la marine, ni sur quel vaisseau il avait

M. Saturnin fit admirer ses porcelaines.

voyagé.... On eût profondément surpris Clotilde en lui
apprenant que cet excellent homme n'avait jamais fait d'autre traversée que celle de Brest à Lorient... et encore

avait-il eu le mal de mer à un tel point qu'il avait dû
renoncer à la navigation, et revenir de Lorient à Brest,
par terre, en chemin de fer, le plus prosaïquement du
monde.

M. Saturnin Vautour avait été toute sa vie marchand d'oiseaux exotiques et de coquillages, à Brest.

Dès son enfance, passionné pour les récits de voyages lointains, il s'était formé une bibliothèque très complète en ce
genre ; — il avait bien désiré se faire marin, mais il avait la
vue basse et l'estomac faible : deux points capitaux dans le
métier. Un myope ne peut voir au loin les signaux ; un marin sujet au mal de mer fait la traversée dans son hamac.

Il lui avait donc fallu se résigner à rester à terre. Mais, du
moins, il choisit une profession qui lui rappelait ces pays
exotiques dont il rêvait.

Lorsque, dans son magasin empli de coquillages de nacre
et de coraux, il lisait des récits de voyage au Brésil, à la
Plata, au Pérou, l'oreille emplie du tapage des aras et des
perruches aux voix discordantes, il pouvait se croire dans les
pays qu'on lui décrivait. En levant les yeux, il voyait les
couleurs éclatantes des perroquets, des cardinaux, des
oiseaux des îles qui semblent des émeraudes ou des rubis
animés....

Il achetait ses oiseaux et ses coquilles à des marins dont
le navire débarquait à Brest. Il faisait parler ces gens ; il en
connaissait un grand nombre, et leur achetait aussi les porcelaines, les armes, les broderies qui composaient sa collection particulière. Les heures où il fermait sa boutique, il les
passait sur le quai, à voir arriver ou appareiller les bateaux.

Il savait toutes les nouvelles du port : que l'équipage de la
Jeannette était au complet, que le capitaine du *Moïse* était

Les enfants se disputèrent un moment.

malade, qu'on demandait un mécanicien à bord de l'*Albatros*,
que l'*Arbalète*, torpilleur de haute mer, avait reçu une
avarie en faisant des essais de vitesse....

Il était aussi renseigné sur tous les événements nautiques,

que l'amiral commandant à Brest. Il connaissait tout l'état-
major des officiers de marine, et saluait ces messieurs avec
une respectueuse familiarité, car il se considérait un peu
comme leur collègue en non-activité. Autant qu'eux, il connaissait les pays exotiques.

Il arriva, à la longue, une bizarre chose. A force de lire
des récits de voyage, de s'en imaginer les beautés, d'interro-
ger les matelots, de collectionner des armes, il finit par
s'identifier avec les explorateurs dont il lisait le récit.... Il
finit par avoir la sensation qu'il avait voyagé aussi....

La progression par laquelle il arriva à se figurer qu'il
avait été officier de marine peut se résumer en trois phrases :
J'aurai aimé être marin. — N'ai-je pas été marin? — Il me
semble que j'ai été marin.

En vérité, il n'était pas très sûr, parfois, de n'avoir pas
visité lui-même les contrées qu'il connaissait si bien. Il n'y
avait pas, dans son cas, le mensonge délibéré d'un impos-
teur, mais seulement le mirage d'une idée fixe, qui le possédait depuis cinquante ans ; car il en avait soixante.

D'ailleurs, il prenait soin de ne pas mentir absolument. Il
évitait les assertions positives. Il avait dit à Clotilde : J'ai
voyagé. — C'était vrai. — Il avait dit : Je me rappelle mes
voyages en mer. — N'avait-il pas été de Brest à Lorient? —
Il s'habillait en marin, pour satisfaire son innocente manie ;
il avait acheté une barque pour la même cause.

La légende s'établissait qu'il était un grand explorateur,
connaissant les cinq parties du monde. Il laissait dire; il
aidait même peut-être un peu. Quel mal faisait-il? Aucun.
Et cela suffisait à son bonheur.

Souvent il allait se promener sur la longue jetée au bout
de laquelle s'élève le phare. Quoiqu'il habitât Honfleur
depuis peu de mois, on le connaissait, on le saluait. Des gamins lui disaient : Bonjour, capitaine ! Et cela le remplissait
de joie. Il avait de longues causeries avec des matelots et des
pêcheurs du port, comme jadis à Brest. Il les frappait de respect, en leur contant que le service est diablement dur sur
les torpilleurs ; — et parlait de la *Dévastation*, cuirassé de
première classe, un beau vaisseau!.. avec des mines atten-
dries de vieux retraité, qui pense à ses glorieuses campagnes
de jadis.

On ne l'appelait que le capitaine Saturnin ; et parmi la
population du port, il était une autorité respectée. Il avait lu
assez de livres de marine, pour éviter de dire quelque sottise de nature à le trahir ; et lorsque, assis au bout du môle,
sur le parapet, il regardait la mer, en fumant sa pipe, et
en contant au gardien du phare des voyages en Océanie, il
était certes le plus heureux mortel qu'il y eût en Normandie,
sans en excepter les gros et riches propriétaires qui abondent, en cette plantureuse contrée. . . . .

M. Saturnin emmenait les garçons à la pêche.

VI

Clotilde demeura beaucoup plus longtemps à Honfleur qu'elle ne l'avait cru. Elle avait ressenti de trop vives émotions successives, la mort de son père, à laquelle succéda aussitôt la découverte de la perte de leur fortune et de la nécessité de se suffire.

Elle était encore bien jeune et d'une nature frêle; elle fut prise d'une petite fièvre peu dangereuse mais qui la retint au lit pendant quinze jours, après lesquels, très affaiblie, elle dut encore garder la chambre. Ce ne fut que peu à peu qu'il lui fut permis de sortir, dans le jardin, de marcher sur la grève, de faire quelques courtes promenades en mer avec M. Saturnin qui se montra pour ses voisins un ami véritable et dévoué.

Il emmenait les garçons avec lui à la pêche et s'occupait de les amuser pour que leurs jeux ne troublassent pas le repos de la malade. Il allait à Honfleur chercher les médicaments nécessaires ; il apportait tous les matins quelques fleurs de son jardin ; des primevères encore diamantées de rosée, des violettes, des branches d'aubépine.

Lorsque Clotilde put s'étendre sur sa chaise longue, auprès de la fenêtre du petit salon, il vint lui faire la lecture, lui conter des voyages ; de sorte qu'après ces trois ou quatre semaines ils se trouvèrent très bons amis, et Manette, si peu accueillante d'ordinaire, s'épanouissait lorsqu'elle voyait ce serviable voisin leur apporter des œufs frais, pondus par ses poules, ou un délicat poisson qu'il avait pêché lui-même.

Il posait des filets comme un pêcheur de profession, et avait pour acolyte ordinaire un vieux matelot retraité, qui s'occupait aussi de la petite barque appartenant au capitaine.

Ce vieux s'appelait le père Rolland, et les deux jumeaux passaient avec lui des heures délicieuses à amorcer des lignes, préparer les filets, les relever à la marée basse ; il les emmenait aussi en mer, sur la barque de M. Saturnin, qui, en mémoire du fameux torpilleur de haute mer dont parlait souvent le capitaine, avait été nommée l'*Arbalète*.

Durant ces pénibles semaines, Bernard ne put venir voir sa sœur et dut se contenter des nouvelles qu'il recevait par l'entremise de Manette.

Son inquiétude était poignante et il ne se sentit rasséréné que le jour où il reconnut sur l'enveloppe l'écriture un peu hésitante de sa sœur ; bien que souffrant encore, la jeune fille avait voulu écrire elle-même, se figurant bien les inquiétudes de son frère.

Bernard s'était occupé, avec activité, à faire les démarches nécessaires, pour obtenir une situation lucrative. Il avait vainement adressé des demandes à plusieurs administrations.

Un jour, il alla voir Karl Vivien, pour lui demander de lui aider à faire son chemin dans le journalisme. Mais Vivien le découragea, comme avait fait pour Clotilde Mme Vernhes. Non pour les mêmes causes, car il est rare de voir un journaliste dans la médiocrité où se trouvait la pauvre poétesse. Mais il lui dit :

« Le journalisme est une arène de combat où l'on est exposé à tous les coups. Vous êtes trop jeune pour en faire. Il faut être solidement trempé pour résister à certaines tentations. A votre âge on veut jouir de la vie, on a besoin de plaisirs ; vous vous laisseriez peut-être aller, comme tant d'autres, à vendre votre plume, pour n'importe quelle cause. Quand on fait ce métier-là, sans avoir la conscience et l'honneur très fermes, on peut devenir facilement un malhonnête homme. Pas de journalisme, à présent ; dans dix ans, nous en reparlerons.

— Que faire, en attendant ?

— Daniel Hasser ne vous a-t-il pas parlé d'une place de secrétaire ?

— Oui ; mais cela ne me sourit guère... et pendant qu'il fait des démarches, moi j'en fais aussi de mon côté. Que pourrais-je avoir comme traitement ? A peine de quoi me suffire. Je voudrais aider les miens. Mes frères ont huit ans ; il va falloir penser à leur instruction.....

— Toutes les carrières sont encombrées en France, dit
Vivien, qui portait au jeune homme un réel intérêt. Je ne
vois pas bien ce que je pourrais vous procurer. Quelque maigre place comme celle que vous propose Hasser. Deux cents
francs par mois. Juste de quoi pourvoir à vos propres besoins.... Savez-vous où est, pour moi, l'avenir de la jeunesse
intelligente et instruite, qui veut arriver à une belle situation,
et cela en élargissant l'influence de la France ?... Aux colonies ! Je serais dans votre situation, à votre âge, avec votre
robuste santé, j'irais en Indo-Chine ou en Tunisie et j'y
ferais du commerce. »

Le commerce répugnait à Bernard ; mais l'idée d'aller aux
colonies le frappa. Il s'étonna de n'y avoir pas songé de lui-
même. Il avait (comme le capitaine Saturnin) le goût aventureux des voyages. Beaucoup de jeunes gens subissent cet
attrait vers l'inconnu, qui chez lui avait été entretenu par
les séjours de vacances faits tous les ans à Honfleur...

Combien d'heures passées sur le port, à voir appareiller
les bateaux, et dans ses fréquents voyages au Havre (la traversée dure à peine une demi-heure) combien de fois n'avait-
il pas admiré les majestueux transatlantiques, qui, de là,
partent pour tous les pays de l'univers, pour toutes les îles
lointaines, pour toutes les contrées mystérieuses d'où nous
viennent les oiseaux exotiques, l'ivoire, la nacre d'Orient,
les peaux de panthères, l'or et les diamants.

Cette conversation lui demeura dans l'esprit ; il y vit une
idée de salut : celle d'un travail qui lui plairait, celle d'une
occupation intéressante, pour son activité physique et pour
son courage moral.

Cependant, après une semaine de silence, M. Hasser lui écrivit de se présenter de sa part chez M. Hautecœur, de l'Institut. M. Hautecœur était un vieillard affable et majestueux qui avait écrit de nombreux volumes sur l'archéologie, était membre correspondant de plusieurs sociétés de la province et de l'étranger, et avait, outre ses manuscrits à mettre au net et ses épreuves à corriger, une correspondance suivie avec ses nombreux collègues français, allemands, anglais, russes ou italiens.

Bernard, chaudement recommandé par Daniel Hasser, était admis aux appointements modérés de deux cent cinquante francs par mois ; il devait venir chez son patron depuis neuf heures jusqu'à onze heures et de une heure à six heures. Tout ce temps était employé à un fatigant travail, si fatigant que, au bout de huit jours d'assiduité, le jeune homme, accoutumé, lui qui venait de terminer son service militaire, à la vie active au grand air, fut pris de vertiges et d'éblouissements, qui le forcèrent de demander un jour de congé.

« Vous n'avez pas une bonne santé, mon ami, remarqua M. Hautecœur avec mécontentement. Aujourd'hui, justement, nous avons un travail pressé. J'ai absolument besoin que vous me fassiez un résumé du dernier bulletin de la Société archéologique du Gard. Il y a un article sur une villa romaine qu'on vient de découvrir près de Nîmes. Je veux en lire des passages à la prochaine séance de l'Institut.... »

En disant cela, M. Hauttecœur fronçait les sourcils.

Voyant la mauvaise humeur de l'archéologue, le pauvre Bernard s'efforça de surmonter son malaise. Il se mit courageusement à l'ouvrage, et après trois heures d'un travail acharné, put présenter à M. Hautecœur l'extrait qu'il exigeait. Celui-ci se déclara satisfait :

« C'est très bien ; vous avez une bonne méthode... de l'ordre et de la clarté... mais, je m'aperçois, en effet, que vous avez la mine fatiguée. Il ne faut pas vous surmener ; je vous donne congé. Allez prendre l'air au Bois, et venez demain à huit heures; car j'ai une très longue lettre à vous dicter pour mon cher collègue, le professeur Luigi Barrio, président de l'Académie de Bologne. »

Il était cinq heures. M. Hautecœur donnait à son secrétaire un congé d'une heure, qu'il s'empressait de lui faire restituer le lendemain. Le cœur un peu gros, Bernard sortit. Il erra tristement dans les rues, jusqu'à l'heure du dîner, qu'il prenait dans un restaurant à bon marché ; car, si ce qu'il gagnait n'était pas assez important pour aider aux siens, il fallait, du moins, que cela suffît à ses propres besoins.

Il rentra chez lui, très découragé, très seul, dans cet appartement où il avait été si heureux, peu de temps auparavant, et qui semblait immense avec ses pièces démeublées.

Sa sœur était malade à Honfleur ; il se voyait attelé à une besogne qui l'ennuyait dès le début et qui ne le menait à rien de mieux. Ce n'était pas en faisant des extraits de rapports pour M. Hautecœur, ou en écrivant des lettres sous sa dictée qu'il arriverait à une brillante situation, en développant son instruction et son énergie. C'était une situation provisoire, cette place; un refuge en attendant mieux : mais il ne voulait pas se résigner à cette machinale besogne, et laisser inutiles sa force, sa jeunesse, le courage physique et moral et l'ardeur d'aventures qu'il sentait bouillonner en lui.

Et, de plus en plus persistante, l'idée d'un départ pour
les colonies l'obsédait. Là, du moins, il aurait de l'avenir,
et s'il était pauvrement rétribué au début, il pouvait espérer
améliorer rapidement son sort.

Ce fut hanté de ces idées qu'après avoir obtenu péniblement un congé de quelques jours, il se rendit à Honfleur
pour voir sa sœur, et peut-être la ramener à Paris.

Peut-être ! disons-nous. Il avait revu maintes fois M. Hasser, qui lui avait donné une lettre de recommandation pour
un armateur de Honfleur, M. Désormaux. C'était un négociant qui faisait un important commerce de bois. Il avait de
nombreux navires, qui allaient en Norvège et en Finlande
chercher des chargements de sapins. Clotilde pouvait être
admise dans cette maison, pour tenir les livres. Et M. Hasser
recommandait vivement cette solution.

« Vous me parlez, dit-il à Bernard, d'aller aux colonies.
Que deviendrait votre sœur, seule à Paris? Vous y avez des
amis, je le sais ; il n'en est pas moins vrai qu'une fille de
son âge ne peut vivre aussi isolée. Et d'ailleurs, si elle ne
veut pas entrer dans une maison de commerce, que vien-
drait-elle faire ici?

— Nous avons une vieille cousine, Mme Augusta Vernhes,
dont vous connaissez peut-être le nom ? »

Daniel Hasser secoua les épaules.... Il ne lisait pas les
revues où écrivait Augusta.

« Elle s'intéresse à ma sœur; c'est un auteur. Elle fait
des poésies.

— Bonté du ciel! s'écria Daniel Hasser, en ôtant son
lorgnon ; j'estime que Clotilde n'a pas envie d'en faire

aussi. Je ne vois pas à quoi cela la mènerait, sinon au ridicule. Il est bien plus sage de rester à Honfleur, — et c'est
même son devoir tout tracé, puisque ainsi elle ne s'éloigne
pas de ses frères.... »

Bernard ne répliqua pas; mais en même temps que la
lettre de recommandation pour l'armateur, il en emporta
une, écrite par Augusta à sa jeune cousine, et qui, sans
doute, contenait quelque proposition avantageuse pour Clotilde. C'était encore M. Célestin qui l'avait apportée, et
comme il avait rencontré Bernard à la maison, ils avaient pu
causer ensemble.

Certes, M. Célestin connaissait mieux que personne les déboires des carrières libérales, et de celle des lettres en par-
ticulier; car la vérité est qu'il aidait à vivre la vieille
Mme Vernhes, bien que ses ressources personnelles ne fussent pas brillantes.

Cependant, il n'avait pu refuser à sa vieille amie de porter
son message. Et il se figurait, avec raison, qu'en accédant
aux désirs de Clotilde, Mme Vernhes avait pris le meilleur
moyen de la guérir de sa manie d'écrire.

Bernard avait quitté Paris avec un réel sentiment de joie;
il y avait trop souffert depuis quelques semaines, et si Paris
est agréable à habiter pour un jeune homme riche, ou du
moins qui dépense sans compter, comme il avait fait jusqu'alors, Paris est une ville où la vie est très dure aux
gens qui n'ont que le nécessaire, et veulent, quand même,
faire bonne figure.

Il n'osait plus, par une fierté excessive, saluer que de loin
ses anciens amis; dans la crainte de paraître un parasite, il

avait refusé quelques invitations à dîner. De sorte que, le
voyant se retirer, s'enfermer dans une réserve froide et
polie, l'on se retirait aussi. Le monde ne force pas la porte
des gens qui se tiennent à l'écart, surtout lorsque ces gens
sont ruinés.

Depuis deux jours Bernard était à Honfleur; il trouva sa
sœur en meilleure santé qu'il ne l'espérait. La maladie
n'ayant pas été très grave, la convalescence marchait rapidement.

Clotilde avait ouvert avec empressement la lettre d'Augusta. Cette dame lui offrait une situation à prendre dans
l'administration du *Rosier Blanc*. Situation peu agréable;
il s'agissait de préparer toutes les semaines les exemplaires
à envoyer; c'est-à-dire qu'en compagnie d'une autre jeune
femme, Clotilde aurait à coller les bandes et collationner
l'envoi, au moyen d'un livre où étaient inscrits les noms des
abonnés.

Cela ne ressemblait à la littérature que de fort loin. Il y
avait un travail continu depuis neuf heures jusqu'à midi et
depuis une heure jusqu'à sept heures; pour cela cent quatre-
vingts francs par mois.

Mais, dans ses moments de loisirs (lesquels?), Clotilde
pourrait essayer de produire elle-même une œuvre littéraire;
et nul doute qu'à la recommandation d'Augusta, et connue
déjà dans le bureau de rédaction, elle ne parvînt à publier
son œuvre dans le *Rosier Blanc*!

Ces offres n'étaient pas séduisantes, et Clotilde n'ayant
jamais essayé d'écrire, et par conséquent n'y ayant pensé
qu'en rêveries vagues pour l'avenir, ne se sentit pas beaucoup

d'enthousiasme' pour les accepter. Mais l'idée d'entrer en
simple teneuse de livres dans une maison de commerce de
Honfleur était si pénible à sa vanité, qu'elle prit courage et
résolut d'essayer....

Il fallait d'ailleurs montrer à Augusta que l'on était reconnaissant de ses démarches. Elle lui écrivit donc aussitôt,
— malgré Manette, — pour accepter.

Bernard était dans un moment d'indécision.

VII

Bernard, le lendemain de son arrivée, se promenait sur le môle, lorsque tout à coup quelqu'un lui frappa sur l'épaule. Se retournant, il reconnut un de ses camarades du régiment, libéré en même temps que lui, Claude Crosnier, un grand et robuste gaillard, fils du mécanicien en chef de la *Bretagne*, paquebot de la Compagnie transatlantique.

Ils se serrèrent la main.

Ils avaient été en assez bons termes, malgré la différence de leur position sociale; rien de tel que le régiment pour niveler les hommes.

« Te voilà à Honfleur, dit Claude. Je croyais que tu habitais Paris?

— J'ai eu le malheur de perdre mon père, repondit Ber-

nard ; ma famille est venue habiter une petite maison que
nous possédons là, sur la côte. Mais toi ?

— Oh ! moi.... J'arrive du Havre, où, comme tu sais, mon
père revient à chaque voyage de la *Bretagne*. Je suis venu ici
pour voir quelqu'un, un Anglais, que justement je n'ai pas
trouvé. Est-ce que tu parles anglais, toi ?

— Oui ; j'ai même passé un an en Angleterre pour me
perfectionner dans la prononciation de la langue.

— Quel malheur que tu sois riche ! » s'écria Crosnier avec
un grand sérieux.

Bernard ne put s'empêcher de rire en entendant cette singulière exclamation.

« Riche ? Rassure-toi, mon bon Crosnier, je n'ai pas ce
malheur, si c'en est un !

— Pourtant, au régiment....

— Oui, je croyais l'être ; mais en perdant mon père, j'ai
tout perdu ; et la position que j'occupe est très précaire,
hélas ! »

Crosnier lança en l'air son chapeau, et le rattrapa adroite-
ment, au grand amusement de trois gamins qui, avec de
longues lignes, s'amusaient à pêcher dans le port. Il répéta
avec une joie visible :

« Tu n'es pas riche, tu sais l'anglais, tu es un garçon
robuste et qui n'a peur de rien !... ça, je le sais, je l'ai bien
vu le jour où tu voulais te battre avec cette brute de Larmu-
rièr, qui avait bouleversé tout ton fourniment, au moment
de passer la revue du colonel. Aimerais-tu à voir d'autres
pays ?... Des pays magnifiques où l'on n'a qu'à se baisser
pour trouver de l'or ?

Quelqu'un frappa sur l'épaule de Bernard.

— Je ne tiens pas à rester en France, parce que les positions que j'y puis trouver me déplaisent, dit Bernard.

— Parbleu! c'est comme moi! Dans notre vieille Europe,
toutes les carrières sont encombrées; pour une place à
prendre, cent personnes se présentent. Je vois mon père qui
a travaillé toute sa vie comme un manœuvre, s'il n'avait pas
en perspective la retraite que lui servira la compagnie quand
il aura soixante ans, ce qui ne tardera pas, il pourrait aller
à l'hospice.... Je ne veux pas, si je puis, avoir le même
sort!... travailler pendant quarante ans de mon existence.
arriver tout juste à ne pas mourir de faim avec ma marmaille
quand j'en aurai. J'aime mieux donner un coup de collier,
un effort un peu rude, et vivre à l'aise après. Je ferai des
rentes à mon père et à ma mère; les deux pauvres vieux on¹
toujours rêvé d'avoir une maison à eux, sur la côte, avec ur
petit jardin autour. Ils l'auront! C'est moi qui la leur don
nerai! Et avant de m'embarquer, j'emmènerai ma mère du
côté d'Ingouville, pour qu'elle choisisse l'endroit qui lui
plaira le mieux. »

Bernard sourit :

« Quel enthousiasme! Est-ce à Madagascar que tu veux
aller? ou en Indo-Chine?

— Non, dit froidement Crosnier, je n'ai pas envie d'attraper une maladie de foie; ces diables de pays chauds sont
terriblement dangereux. Parlez-moi des contrées du Nord. Le
froid c'est sain; cela guérit des maladies d'estomac et de
nerfs. On irait là pour sa santé.

— Aurais-tu l'intention d'aller coloniser au pôle Nord?
s'écria Bernard en riant.

— J'ai l'intention d'aller au Klondyke, non pas pour coloniser, mais pour y chercher de l'or. Tu as entendu parler du
Klondyke, sans doute ?

— Oui, dit Bernard devenu sérieux. Tant de gens y sont
morts de misère !

— Autrefois, au début ! Quand on ne savait pas où on
allait, ni comment s'équiper ni quelles voies suivre, répliqua
vivement Crosnier. Mais maintenant la route est aussi sûre
que la route de Honfleur à Trouville.

— Un peu plus difficile ! riposta Bernard.

— Oh !... tu sais !... S'il n'y avait qu'à prendre le tram-
way et se rendre, en une petite heure, sur les bords d'une
rivière où l'on trouve des milliards chaque année, nous
n'aurions plus que des millionnaires en France. Je me suis
informé ; je sais quels bagages on doit emporter ; des vêtements et des vivres pour un an : car il faut un an ; c'est suffisant ; on revient avec trois ou quatre cent mille francs,
c'est bien assez pour vivre heureux, soi et les siens ! J'ai le
détail de tous les objets, le prix du passage, les adresses
des marchands de Montréal et de Vancouver, pour les
tentes, les armes, les vivres, les attelages de chiens. Il
faut environ six ou huit mille francs !... mon père me
les donnera. Il m'approuve. S'il n'était pas si vieux, il vien-
drait avec moi. Mais, il ne peut pas laisser la mère toute
seule.... Car, enfin, on peut ne pas revenir !... C'est certain. Ceux qui ont peur d'un rhume ne doivent pas aller
là. Ils font mieux de rester en France à manger du pain
dur et porter des bottes fatiguées. Affaire de goût !... Il y
en a (et mon père et moi sommes de ceux-ci) qui aiment

mieux risquer le tout, surtout quand l'enjeu en vaut la peine ! »

Bernard laissait passer ce flot de paroles. Elles n'étaient pas éloquentes ; mais un désir passionné porte en soi une force de conviction très réelle ; et peu à peu il se sentait séduit par l'audace aventureuse des hommes qui vont arracher aux glaciers du pôle l'or qu'ils recouvrent.

« Je vais te dire comment j'eus l'idée d'aller là, reprit Claude. Mon père a vu, en Amérique, un fripier, un de ces pauvres diables qui font commerce de vieux habits. Il s'appelait Sandré ; il mourait de faim ; il est allé à Dawson City. Comment y est-il arrivé ? Comment n'est-il pas mort en chemin ? C'est un miracle. Enfin il y est resté dix mois, et il est revenu avec près d'un million. C'est un richard à présent. Il avait une mendiante de femme, qui va maintenant en voiture à deux chevaux. Et on en cite comme cela des centaines, partis gueux, et revenus riches en quelques mois.

— Compte-t-on aussi ceux qui y sont restés ?

— Non, dit franchement Claude. Ils sont trop ! Mais peux-tu comparer les risques courus par de pauvres diables mal équipés et affaiblis par la misère avec ceux que nous courrions, nous autres, pourvus de tout un équipement choisi ? Des compagnies se sont fondées qui rendent le transport assuré. On vous passe à dos d'homme cette fameuse White Pass, où pas mal sont morts, parmi les premiers qui s'y hasardèrent. Ces premiers eurent à souffrir de la faim. On n'a plus cela à craindre. Dawson City est une ville importante. La vie y est chère, je te l'accorde. Mais qu'importe quand on a un bon claim ?

— J'ai lu des articles terrifiants sur les dangers de ce voyage, dit Bernard, qui en était déjà à discuter. La température y est extrême : cinquante degrés centigrades au-dessous de zéro en hiver; vingt-huit degrés à l'ombre en été.

— Tu vois bien qu'on n'en meurt pas, puisque ceux qui l'ont vu viennent le raconter? La vérité, c'est qu'on s'est effrayé du désastre de plusieurs expéditions mal conduites, au début, par de pauvres mineurs dénués de tout, mal renseignés sur le pays, et qui sont allés bêtement périr dans les neiges avec leurs chevaux et leurs rennes. Emmener là des chevaux! il n'y faut pas penser! Ils périssent tous! Il n'y a que les chiens! »

Un moment de silence succéda.

Les deux jeunes gens étaient si absorbés par leur conversation qu'ils avaient, sans s'en apercevoir, quitté le port, et pris la route raide qui monte à Notre-Dame de Grâce, et du sommet de laquelle on a une si admirable vue sur la baie de la Seine, jusqu'au Havre.

« Je te parle de cela, reprit Claude, parce que tu es un homme taillé pour réussir dans une affaire pareille. Une santé robuste, du courage, de l'énergie, de l'endurance et l'humeur d'aller en avant. Et puis, il faut absolument connaître la langue anglaise. »

Bernard ne répondit pas d'abord.

Tous deux, accoudés sur une barrière qui borde la falaise, abrités, sous les grands arbres, ayant à leurs pieds les villas de la côte, regardaient la mer étincelante, sous les rayons déjà chauds d'un soleil de mars. Un paquebot sortit du port de Honfleur, contourna la côte de Grâce et se dirigea vers le Havre, qu'avec leurs yeux perçants ils distinguaient vaguement dans les brumes lointaines.

« Cela donne envie de partir! s'écria Claude, en suivant de l'œil le bateau, qui devenait indistinct et dont le panache de fumée se perdait dans l'éloignement. Partir, agir!... vivre autrement que ces terriens qui gagnent leur vie péniblement! »

Et il désigna de la main des hommes qui transportaient des pierres, et d'autres qui taillaient des arbres.

« Toi, il est vrai, tu travailles dans un bureau; tu es un monsieur! J'aimerais encore mieux passer ma vie dehors. Tu préfères aligner des mots sur du papier, plutôt que de risquer l'aventure, faire un beau voyage sur mer, et trouver de l'or!... Ce doit être une chasse passionnante, celle aux pépites! »

Bernard était jeune, son sang lui battait aux tempes à l'idée qu'on lui présentait avec tant d'insistance.

La pensée du sévère cabinet de travail où, sous la dictée de M. Hautecœur, il écrivait des lettres, lui revint en mémoire, très maussade, par comparaison avec l'espace lumineux qu'il avait devant lui, et son existence ankylosée de plumitif lui apparut bien ennuyeuse, en songeant aux fortes émotions d'une vie active et aventureuse.

« Je ne puis quitter les miens! murmura-t-il.

— Pour les faire riches! s'écria Claude. Ce n'est que du dévouement! »

Bernard hocha la tête :

« Et distraire huit mille francs de la petite somme qui constitue notre avoir, ce serait une grosse imprudence.

— Ces huit mille francs seront deux ou trois fois décuplés.
Personne n'aura rien à te reprocher et tu auras fait, au contraire, la fortune de ta famille, répliqua le tentateur. Pourquoi échouerions-nous là où tous les autres réussissent? »

Bernard resta muet encore un moment. Il se sentait sur le
point de prendre une résolution d'une extrême gravité, arrêté
à l'intersection de deux voies qui orienteraient sa vie et celle
des siens dans des sens très opposés.

Certes, il serait beau de leur regagner, en quelques mois,
une aisance à laquelle ils avaient été habitués et qui leur
manquait subitement. De grandes inquiétudes l'assaillaient
souvent, et il sentait le poids de sa responsabilité de chef de
famille. N'était-il pas lamentable que Clotilde fût forcée de
travailler? Et quel travail lui offrait-on? Une subalterne position chez un négociant, ou bien une occupation fatigante,
mal payée, et tout aussi subalterne, dans l'administration d'un
journal.

Était-ce avec ce qu'elle et lui pourraient économiser sur
d'aussi faibles ressources qu'ils arriveraient à faire donner à
leurs deux frères une instruction sérieuse? Et faudrait-il se
résigner à les voir à peine instruits, éloignés, par cela même,
des carrières libérales? Ce pauvre Bernard continuait à ne
voir le salut que dans ces fameuses carrières libérales, si
vivement attaquées par Augusta.

« Je réfléchirai à ta proposition, dit-il à Crosnier, il faut
que je consulte des amis de mon père qui ont été très bons
pour nous.

— Tu n'as pas le temps de réfléchir, répliqua vivement
Claude. Si nous partons, ce sera dans huit jours d'ici, au

premier voyage à New-York que fera la *Bretagne*. Et il est
déjà tard ; il eût mieux valu partir il y a un mois. L'été est
court dans l'Alaska. Il faut un mois et demi pour s'y rendre ;
nous n'y serons pas avant les premiers jours de juin ; le temps
de nous procurer un claim, nous ne serons prêts qu'au commencement de l'hiver.

— Alors, nous passerons l'hiver à ne rien faire ?

— Pas du tout ! c'est dans cette saison qu'on travaille ; on
creuse des puits dans la terre gelée. C'est un travail assez
dur ; mais il y a des terrassiers ; nous nous contenterons de
laver notre or.

— Se décider subitement, pour une chose si grave !

— C'est la meilleure façon ; dans de pareilles aventures,
on se lance les yeux fermés ; on se contente seulement de
prendre toutes les précautions pour mettre les meilleures
chances possibles de son côté. Réfléchir ! Tourner mille fois
les mêmes objections dans sa cervelle ! A quoi bon ?... Consulter des amis !... Folie ! On ne suit jamais les conseils des
amis, c'est une chose reconnue ; et ceux qui vous les ont
donnés sont blessés de ce qu'on ne les a pas écoutés.

— Je dois de la déférence aux amis de mon père.

— Oh ! bien sûr ! Mais ce qu'ils te diront ne t'empêcherait
pas d'agir suivant tes inspirations. Tu as devant toi la fortune ; leurs conseils ne t'empêcheront pas d'être pauvre. Ne
leur en demande pas ! Annonce-leur une résolution prise ; et
laisse-les te prédire tous les malheurs possibles. Il est bien
facile aux gens qui ne manquent de rien, de recommander la
patience aux autres, de blâmer l'ambition et de conseiller la
résignation. Seulement un garçon qui a du courage ne se

résigne pas à être toute sa vie un pauvre diable, sans, du moins, essayer de sortir d'affaire si l'occasion s'en trouve.

— Eh bien, dit Bernard, vingt-quatre heures me suffiront pour prendre une décision. Demain, à cette heure-ci, j'irai sur la jetée; tu t'y trouveras, et je te dirai ce que j'aurai décidé. »

Bernard était dans l'un de ces moments d'indécision où le moindre événement, la moindre pression morale peuvent faire pencher d'un côté ou de l'autre les plateaux de la balance.

M. Saturnin décrivit les miraculeuses fortunes.

VIII

Cet incident, cette influence, il les rencontra. En rentrant à la maison, il trouva un volumineux paquet de paperasses, accompagné d'une lettre de M. Hautecœur, le priant de faire un extrait du bulletin de la Société d'archéologie d'Orléans, qu'il lui envoyait, ainsi qu'une liasse d'épreuves que le secrétaire devait corriger avec soin et retourner directement à l'éditeur. Prière aussi d'envoyer à plusieurs correspondants, dont il lui donnait la liste, des exemplaires du dernier article de M. Hautecœur, paru dans la *Revue archéologique*, intitulé : « Interprétation d'un papyrus trouvé dans un hypogée égyptien de la dix-huitième dynastie. »

Bernard avait pour trois jours de travail. M. Hautecœur trouvait moyen, cette fois encore, de lui reprendre le congé qu'il lui avait accordé à regret.

Pris d'impatience, il froissa la lettre du savant et la jeta
sur sa table de travail. Il dut pourtant commencer à corriger
les épreuves qui devaient être retournées, dès le lendemain,
à l'éditeur.

Quant à l'influence morale qui pesa sur sa détermination,
ce fut celle du capitaine Saturnin. Ce brave explorateur en
chambre vint chez les Dubuit, dans la soirée, comme il le faisait quelquefois.

Bernard l'avait rencontré déjà. Il le prenait, comme les
autres, pour un voyageur expérimenté; il lui parla de
l'Alaska; M. Saturnin devint grave :

« Pays dangereux! dit-il. Mais beau voyage! Oh! j'ai chez
moi des documents très intéressants sur ces contrées-là. Il s'y
est fait des découvertes d'or extraordinaires, au Klondyke.

— Qu'est-ce que c'est que ce pays-là, le Klondyke? demanda Roger.

— Le Klondyke n'est pas un pays, c'est un fleuve, l'un
des affluents du fleuve Youkon, dans l'Alaska; je te montrerai
cela, sur le globe terrestre qui est dans ma cabine. Ou plutôt,
venez-y, dans ma cabine, nous allons étudier cela; je vais
vous lire des notes de voyage d'un mineur qui a fait fortune
en quelques mois.

— C'est vrai, alors! Quelques mois suffisent? demanda
Bernard, pendant le cours du trajet de sa maison à celle
de M. Saturnin. Mais le travail de mineur doit être bien
rude.

— Pas là! L'or est charrié par les eaux du Klondyke; on
l'extrait par des procédés spéciaux, en faisant passer les eaux
du fleuve à travers de longs tuyaux de bois garnis de rainures

à l'intérieur ; l'eau entraîne le sable et les rainures retiennent l'or. Je me rappelle un détail du récit que j'ai chez moi. Au fond d'une tasse de thé, des parcelles d'or se déposaient, de sorte que les mineurs buvaient de la poudre d'or avec l'eau. »

Clotilde et Bernard, seuls, accompagnaient le capitaine ; les deux petits avaient dû gagner leurs lits, sur l'ordre de Manette, tout à fait inflexible pour l'heure du coucher.

Et, toute la soirée, M. Saturnin, qui s'emballait toujours, lorsqu'il s'agissait de voyages lointains et d'aventureuses expéditions, leur décrivit les miraculeuses fortunes faites là-bas par des mineurs enrichis en quelques jours, et dont les principales misères avaient été de se rendre à Dawson City, et d'en revenir.

« Et à présent, ces difficultés sont bien aplanies, conclut-il avec la gravité des gens habitués à ajouter foi entière aux affirmations d'un horaire de chemin de fer, ou d'une circulaire de compagnie de navigation. Tout cela est organisé. Vous n'avez plus à chercher des guides, à construire des bateaux vous-même ou à les transporter sur vos épaules. Des compagnies parfaitement installées vous prennent à Vancouver, et vous transportent jusqu'à Dawson City avec tous vos bagages, sans que vous couriez aucun risque.

— Le climat est terrible ! dit Bernard hésitant.

— Il est rude, cela est sûr ; mais vous savez, on supporte mieux le froid que la chaleur, et la preuve qu'on peut y vivre, c'est que nombre de femmes y sont allées avec leurs maris.

— Des femmes ! s'écria Clotilde. Oh ! les malheureuses !

— Que voulez-vous ? Elles étaient peut-être aussi malheu-

reuses en Europe ou aux États-Unis. Et sans espoir de changer de situation! Tandis que dans cette aventure, elles
courent quelques risques; mais elles reviennent riches. Et
c'est un si grand attrait pour la presque totalité de l'humanité!

— Pour tous les hommes, je pense, dit Bernard, qui était
décidé maintenant.

— Eh bien! non, pas pour tous. Il faut que je vous cite
un trait admirable, qui réconforte, après tous ces récits de
chasse à l'or. Il y a là-bas un arpenteur, nommé par le gouvernement canadien, et dont la fonction est de délimiter les
claims, ou portions de terrain, concédés aux mineurs : cet
homme, au milieu de l'épouvantable fièvre de l'or qui sévit
autour de lui et qui affolait une population de trois à quatre
mille mineurs, ne s'occupait qu'à régler les différends entre
eux et à maintenir l'ordre. On lui dit : « Comment ne prenez-
vous pas un claim pour vous-même? Vous seriez millionnaire
en quelques mois. » Il répondit par ces paroles, dignes d'être
gravées sur le marbre : « Le gouvernement ne m'a pas envoyé
ici pour faire ma fortune! » Et il continua de faire ses fonctions d'arpenteur. Eh bien, monsieur, on parle des vieux
Romains, on vous cite leurs traits d'héroïsme; je trouve que
celui-ci vaut les leurs. Concevez-vous cela? Vivre au milieu
de l'or, n'avoir qu'à se baisser pour en ramasser, et demeurer
le modeste fonctionnaire que son gouvernement a envoyé à
quelques degrés du pôle, pour mesurer les terrains des
autres!... C'est admirable, cela! Et je suis content que ce soit
un Canadien, c'est-à-dire un Français de race, qui ait dit ce
mot-là.

— Oui, c'est beau ! » dit Bernard, avec moins d'enthousiasme que n'en montrait M. Saturnin ; car ne connaissant pas
la vie, ne sachant pas de quelles actions l'amour de l'or est
souvent la cause, il ne pouvait apprécier à son réel prix un
pareil dédain de la fortune.

Quand ils rentrèrent chez eux, la résolution de Bernard
était prise.

Il partirait ! Ce que des femmes avaient fait, ne pouvait-il
pas l'entreprendre ? Il était jeune, robuste, courageux : il
irait. La parole de son père mourant lui revenait en mémoire :
« Dévoue-toi pour eux !... » Il allait le faire. Ce n'était pas
dans dix ans qu'il fallait conquérir assez de fortune pour faire
de Roger et de Jean des hommes de mérite ; c'était tout de
suite.

« J'aurai à te parler demain, dit-il à sa sœur. La position
que j'ai chez M. Hautecœur ne me plaît pas. Je ne vois aucun
avenir pour moi dans ces fonctions ennuyeuses. J'ai une idée
que je veux discuter avec toi, puisque à nous deux nous for-
mons le conseil de famille. »

Clotilde soupira :

« Moi, dit-elle, j'essaierai de remplir la place que m'offre
la cousine Augusta. Ce sera dur, peut-être ; mais il faut bien
aussi que je me rende utile. Ce qui me fera le plus de peine,
c'est d'être séparée des enfants.

— Et seule à Paris !... murmura Bernard.

— Comment seule ? As-tu l'intention de venir en province ?

— Je t'expliquerai tout demain. Dormons. Tu es un peu
pâle, tu viens d'avoir une maladie grave, dont tu es
à peine remise encore. Il faut que tu passes une bonne

nuit. Demain nous causerons à tête reposée. Bonsoir. »

Tous deux s'embrassèrent, sur le palier qui séparait leur chambre. Et Clotilde alla dormir. Mais Bernard ne le put ; ses projets et ses craintes le tinrent éveillé une grande partie de la nuit.

La minute décisive arriva.

IX

Huit jours plus tard, sur le quai du Havre, Clotilde, Manette et M. Hasser accompagnaient Bernard jusqu'au transatlantique qui l'emmenait à New-York.

Ce n'avait pas été sans luttes que le jeune homme avait pu déterminer les siens à le laisser partir. Aux premiers mots, Clotilde s'était récriée contre les dangers d'un tel voyage.... A quoi bon tant d'or?... Les chiffres qu'il lui mettait en avant la touchaient peu. Elle avait cette bonne objection : « Et si tu meurs là-bas, que deviendrons-nous?...

— Je ne mourrai pas de ce voyage, répondit Bernard; je suis d'une santé assez robuste pour pouvoir supporter sans peine quelques privations. On meurt en France, aussi bien que dans l'Alaska. »

Clotilde pleura à ces mots.

Bernard s'attendrit :

« Si cela te chagrine trop, je n'irai pas, dit-il. Seulement je ne sais pas bien ce que je pourrai faire. Le travail de bureau me déplaît et me fatigue. Je préfère des occupations plus actives. Lesquelles?... Là est la difficulté. Travailler obscurément pour gagner bien juste de quoi me suffire tandis que, de ton côté, tu seras forcée de faire de même : je ne puis m'y résigner. Ce n'est pas ainsi que nous pourrons donner à Jean et à Roger l'éducation que nous avons reçue nous-mêmes. Je préfère accomplir un effort, même pénible.

Ces raisons n'avaient guère convaincu Clotilde, mais elle vit son frère empoigné par cette idée de voyage, et dégoûté de sa situation chez M. Hautecœur. Elle n'osa insister, se disant qu'il savait mieux qu'elle ce qu'il convenait de faire. Elle ne savait pas, d'ailleurs, à quel point étaient dangereuses les difficultés de l'entreprise.

Manette se récria très fort, elle aussi, avec beaucoup plus de véhémence et d'obstination que Clotilde; elle accusa même Bernard de déserter son poste, et de distraire huit mille francs du capital de la famille, pour aller faire une excursion agréable, sous prétexte de chercher de l'or...

« L'or, on le trouve en travaillant », ajouta-t-elle, avec beaucoup de sens.

Mais ce qu'elle avait dit d'abord avait froissé Bernard; et il ne se donna pas même la peine de combattre les raisons de la vieille femme.

Pour n'avoir pas à lutter contre les observations de Daniel Hasser, il envoya de Honfleur sa démission à M. Hautecœur;

quand ce fut fait, il écrivit à son vieil ami la résolution qu'il avait prise.

Déjà, il avait retenu son passage sur la *Bretagne* et écrit au *Klondyke mining trading and transport corporation* à Victoria, compagnie qui s'engage à vous transporter de Victoria à Dawson moyennant deux mille francs.

Une affluence considérable de mineurs se dirige, en effet, chaque jour vers ces régions polaires. C'est par milliers que les diverses compagnies nouvellement formées transportent chaque jour de nouveaux arrivants, Canadiens pour la plupart.

Daniel Hasser, en lisant la lettre de Bernard, éprouva une si vive peine, qu'il se décida à quitter Paris, pour essayer un effort suprême sur le fils de son ami. Il arriva la veille du départ. Tout était décidé. Certains achats de vêtements fourrés, flanelles, couvertures, tente, armes, étaient faits. Et Claude Crosnier, qui s'était adjoint un Anglais du nom de Jones, comptait absolument sur la parole que lui avait donnée Bernard de se joindre à l'expédition.

Il était donc trop tard pour le faire changer d'avis. Daniel Hasser le blâma d'avoir agi avec une précipitation qui montrait qu'en s'engageant dans cette aventure, il avait bien pensé n'être pas approuvé.

Il lui dit :

« L'or des mines n'enrichit pas. Voyez, l'Espagne est ruinée, malgré ses mines du Pérou et du Mexique. Mille occasions se trouvent de perdre en peu de temps ce qu'on a gagné sans travail. Cette soif de jouir tout de suite et d'être riche après quelques mois de peine est mauvaise. Vous en souffrirez.

Dieu veuille que vous ne mouriez pas là-bas, laissant vos
frères à la garde d'une jeune fille!... »

Bernard, un peu confus, baissa la tête et dit :

« M. Vivien m'avait parlé des colonies....

— Les colonies, c'est tout autre chose. Vous y seriez allé,
j'eusse applaudi ; car c'eût été alors pour travailler, et non
pour gagner en quelques semaines de privations une somme
plus ou moins forte. Et les colonies, c'est la France de
demain. J'admets qu'on fraye la voie à la jeunesse qui sera
celle du commencement du siècle prochain. Mais sachez-le,
rien que pour vous rendre au Klondyke, il vous faudra dépenser une plus grande énergie, que pour vous créer une
belle position commerciale en Indo-Chine, ou à Madagascar.
Et qu'est-ce que cet Anglais qui vous accompagne?

— Crosnier s'était entendu d'abord avec lui. Il est allé
déjà au Canada! Il nous sera utile !

— Sa physionomie est celle d'une brute! et il a le regard
fuyant! Méfiez-vous de lui! »

Au moment de partir, de se séparer pour toujours de tout
ce qu'il aimait, Bernard sentait faiblir son énergie, et s'il lui
eût été possible de reculer, peut-être l'eût-il fait? Crosnier
qui le surveillait, dit :

« Tu n'aurais pas dû amener ta sœur; les larmes des femmes
vous amollissent le cœur.... On croirait que tu vas pleurer,
toi aussi. Pour un dragon, ce ne serait pas fameux. Si l'es-
cadron te voyait!... »

Bernard, en effet, avait les yeux humides.

« Tu m'ennuies !... » murmura-t-il, en se détour-
nant.

La minute décisive arriva enfin; il fallut s'embarquer; la
passerelle fut enlevée; l'énorme paquebot s'ébranla; et, en

Son frère lui faisait des signes d'adieu.

quelques tours d'hélice, s'éloigna du quai, où Clotilde,
appuyée au bras de M. Hasser, sanglotait, en regardant son

7

frère qui, son mouchoir à la main, lui faisait des signes d'adieu, à l'arrière du navire.

« Allons! du courage, ma chère petite, dit l'excellent homme, entraînant sa pupille loin du port. Je l'ai bien grondé, ce pauvre Bernard. Je l'ai menacé de tous les malheurs possibles. Mais je suis sûr que le pire qui puisse lui arriver sera de revenir sans avoir fait fortune. Ce lui sera une dure leçon, et il se résignera à faire ce qu'ont fait ses aïeux. Travailler pour vivre. Son père, pourtant lui en a donné l'exemple. Et vous, que ferez-vous ?... »

Clotilde hésita, puis elle conta à M. Hasser, sa visite chez Mme Vernhes, la façon dont elle avait été accueillie par sa vieille cousine; et enfin l'offre qu'on lui faisait d'une position au *Rosier Blanc.*

« Et vous préférez cela à la prétendue déchéance de tenir les livres de mon ami, Claudius Marchand, armateur à Honfleur? Bien, ma chère. Agissez à votre guise. Venez à Paris, pour y être malheureuse, isolée, presque sans ressources. Ce sera votre petit Klondyke, à vous. Quand vous en aurez assez, vous accepterez mes offres, pourvu toutefois qu'elles soient encore à accepter : car tout le monde n'a pas d'aussi hautains dédains, et la place ne tardera pas à être prise. »

Ce fut tout ce que dit le vieux savant. Il pensait, avec raison, que quelques mois d'ennuis, de gêne, de contrariétés, materaient l'orgueil de Clotilde, beaucoup mieux que tous les discours; et qu'elle serait sans doute, toute heureuse et toute aise, comme le héron de la fable, de se contenter de ce que, à l'heure actuelle, elle trouvait si fort au-dessous d'elle.

Ce fut encore une autre querelle, avec Manette, lorsqu'elle apprit que Clotile s'en allait, seule, travailler à Paris.

« C'est bon! dit-elle, partez tous! Laissez-moi les deux enfants! Aussi bien ils n'ont que moi pour les aimer, les pauvres petits! Mais moi, du moins, je ne les abandonnerai pas! »

Augusta corrigeait les épreuves.

X

Le *Rosier blanc* était une publication hebdomadaire, qui conservait quelques abonnées en province, surtout dans les couvents, où il était bien noté, à cause de ses tendances religieuses. On y publiait des histoires très édulcorées, des conseils pieux aux jeunes filles, des articles sur les vertus chrétiennes d'abnégation, de piété, de charité, de résignation.

Toute cette partie morale était traitée par la directrice, Mlle de Bouvray. Mlle de Bouvray était une vieille personne qui avait consacré sa vie à faire le bien... et cela d'une façon qui lui était toute personnelle et particulière.

Elle était bienfaitrice d'une foule de bonnes œuvres, pour le sauvetage de l'enfance, ou l'assistance des vieillards; mais jamais en sa vie elle n'avait donné directement à un pauvre, même un morceau de pain.

Elle s'intéressait aux charités administratives et lointaines. La paperasserie, les registres sur lesquels la femme X... était inscrite pour deux pains par semaine, et la petite Z... pour trois fagots était ce qui lui plaisait le plus. Personne, mieux qu'elle, ne savait apurer les comptes d'une société, dresser l'inventaire d'une œuvre, acheter les flanelles, bas et couvertures, au début de l'hiver, et au meilleur marché possible.

Aussi avait-elle le titre d'économe, dans chacune des sociétés dont elle faisait partie. Mais il ne fallait pas qu'une assistée vînt l'importuner dans l'exercice de ses fonctions.

Si la femme X... par exemple, inscrite pour deux pains par semaine, venait en pleurant conter que son enfant était malade et avait besoin de remèdes, Mlle Pascaline de Bouvray lui disait avec douceur :

« Avez-vous eu vos deux pains?

— Oui, Mademoiselle... mais mon petit garçon a une méningite....

— Vous avez eu vos deux pains et vous réclamez quelque chose, ce n'est pas bien! disait avec mansuétude et sévérité Mlle Pascaline. Nous avons beaucoup de misères à soulager. Allez, et ne recommencez pas!

— Mais mon enfant est très mal!...

— C'est bien fâcheux! Vous n'eussiez pas dû le quitter?
Allez vite chez vous! »

La femme X... s'en allait.

Mlle Pascaline, persuadée qu'on avait voulu abuser de sa
crédulité reprenait son travail, et mettait au net la balance
du mois, et pas une minute ne pensait que sa charité était
faussement entendue.

Heureusement cette trop sévère personne était seule de
son genre dans toutes les œuvres dont elle faisait partie...
et la femme X... s'adressant à n'importe quelle autre dame
obtenait aussitôt les secours et les remèdes qui devaient
guérir son enfant.

Le *Rosier blanc* avait été fondée par Mlle de Bouvray dans
un but de sauvetage moral. Elle déplorait l'envahissement
de la littérature mauvaise, elle avait voulu opposer à la multitude de journaux qui sèment le mal, une revue qui portât
dans les cœurs la bonne parole! Peu d'abonnées : beaucoup
de service gratuit.

Cette minuscule feuille, depuis vingt ans, coûtait à Mlle Pascaline quelques milliers de francs chaque année, qui eussent
été mieux employés à donner du pain aux pauvres; car une
chose digne de remarque, c'est que le *Rosier blanc*, destiné
à combattre les mauvais journaux, n'était lu que par des
gens qui n'avaient jamais eu dans les mains une seule feuille
suspecte. Et sa rédaction en était si ennuyeuse, que, dans
certains couvents, sa lecture était une punition.

Pour avoir désobéi, une jeune fille était condamnée à en
lire une page..., une faute plus grave entraînait la lecture

d'un numéro tout entier, dont il fallait faire ensuite un
résumé. Les bonnes religieuses obtenaient par ce système des
résultats étonnants. Les élèves les plus indisciplinées hésitaient
avant de s'exposer à une pareille occupation pendant que
leurs camarades faisaient une promenade dans la campagne,
ou des parties de barres dans la cour de récréation.

Le bureau de rédaction du *Rosier blanc* était situé dans
la rue Cassette, au fond d'une petite cour obscure. C'était au
rez-de-chaussée, rendu très sombre et humide par les six
étages de maisons entourant la cour.

La petite antichambre, une grande salle, dite bureau des
abonnements (titre fallacieux, car personne ne venait, de soi-
même, verser dix francs à la caisse) ; une salle pour la rédactrice, qui était Augusta, et le cabinet de Mlle de Bouvray.

Augusta, pour une modique somme, remplissait là des
fonctions variées ; elle dépouillait la correspondance et y
répondait dans le journal ; elle corrigeait les épreuves, lisait
en premier examen les manuscrits, qui abondaient, même
pour cette minuscule feuille, et y publiait de temps à autre
des poésies... qui lui étaient payées à raison de vingt centimes
la ligne.

Pour cette cause, elle avait renoncé à faire des sonnets,
qu'elle réussissait cependant très bien : car il lui arrivait de
toucher trois francs cinquante, pour quatorze vers, qui lui
avaient demandé trois jours de travail.

La prose était payée cinq centimes ; et Augusta voyait,
chaque jour, défiler devant elle les plus navrantes figures
d'écrivains à bas prix.... Jeunes filles à leurs débuts, produi-
sant en quantité des œuvres sans la moindre valeur ; vieilles

femmes de lettres tombées dans le malheur par l'inconstance
du public, qui n'aimait plus leur style après l'avoir apprécié....
Celles-ci étaient les plus attristantes, car on les sentait au
bout de leur courage, ayant perdu tout espoir en des
heures meilleures, renoncé à la gloire, à l'espoir d'être
célèbres... n'espérant plus que de gagner péniblement, d'une
plume fatiguée, le droit d'achever de vivre....

Aux jeunes filles, Augusta avait souvent envie de crier :

« Allez-vous-en, petites malheureuses ; retournez chez
vous. Faites des confitures. Et laissez les carrières libérales
aux gens qui sont riches, ou aux hommes qui ont l'énergie
et la force physique. »

Les autres, les vieilles, elle les plaignait, étant dans la
même situation... et heureuse d'être rédactrice, chez Mlle de
Bouvray....

Clotilde, dès le premier jour de son entrée en fonctions,
vit qu'il lui faudrait là, déployer un zèle ininterrompu ; car
Mlle Pascaline n'admettait aucune défaillance.

La jeune fille était intelligente ; elle comprit vite le travail
qu'elle avait à faire, et dans lequel elle était aidée par une
jeune femme bourrue qu'on appelait simplement Mlle Léonie.
Jamais Clotilde ne connut l'autre nom de cette personne ;
jamais elle ne la vit sourire, ni ne l'entendit parler que de
choses attristantes et désagréables.

Tantôt Léonie lui apprenait qu'elle était forcée de soutenir
sa grand'mère, qui était très âgée et paralytique ; tantôt elle
se plaignait d'aller, le soir, après son dîner, tenir les livres
d'un commerçant des Batignolles. Le dimanche, elle le passait à raccommoder ses robes et à nettoyer son appartement ;

de sorte qu'elle était une sorte de galérienne, condamnée au travail forcé à perpétuité, ce qui expliquait son air tragique et désabusé de la vie.

Le spectacle de cette triste existence, et la vue des collaboratrices qui venaient journellement importuner Augusta, fit faire à Clotilde de salutaires réflexions. Elle comprit qu'il y avait des personnes plus à plaindre qu'elle ne l'était elle-même, et qu'en dessous même de ceux qu'elle voyait là et qui arrivaient à se suffire, il y a encore ceux qui ne trouvent aucun travail....

Le seul réconfort, dans cette période pénible, était d'aller passer les soirées dans le jardin de M. Célestin. Ce jardin, avec le mois d'avril verdoyant, commençait à devenir charmant. Les fleurs de myosotis alternaient avec les pensées et les premières giroflées jaunes, les arbres fruitiers étaient en fleurs; le pêcher abrité sous une toile légère avait une douzaine de minuscules pêches bien formées; et chaque soir, M. Célestin, qui, feuille à feuille, connaissait chacune de ses plantes, enseignait l'horticulture pratique à Clotilde, qui, aimant les plantes, écoutait avec intérêt le bon vieux maniaque.

« C'est là, je vous assure, qu'est votre avenir! lui répétait M. Célestin. Je considère votre séjour à Paris, comme un temps d'apprentissage nécessaire après lequel vous retournerez à Honfleur, forte des leçons que je vous aurai données, et vous ferez valoir votre jardin....

— Mon jardin! répétait Clotilde, en riant. Faire valoir un jardin! Qu'en pourrais-je tirer? Quelques salades!

— Vous en pourriez tirer l'aisance, pour vous et les vôtres!

disait M. Célestin, exagérant peut-être un peu. Si j'avais à
moi un terrain de cent mètres de côté, cela équivaudrait à
dix mille francs de rente, somme bien suffisante pour être
heureux. Et remarquez ceci : l'horticulture est une occupation qui demande l'activité au grand air !... Vous vous por-
teriez mieux, en cultivant votre jardin, qu'en expédiant les
numéros du *Rosier blanc.*

— Me voyez-vous charriant du fumier, et allant vendre
des légumes dans une petite voiture ?

— Du tout ! Ce n'est pas vous qui feriez ces ouvrages trop
rudes pour une femme ; et quant à vendre vos légumes, il
vous serait bien facile de les exporter en Angleterre. Vous en
êtes assez proche pour cela !...

— Le fait est, soupira Augusta, que je préférerais cultiver
d'autres fleurs que les fleurs de rhétorique. Il y a une certaine poésie à voir fleurir des violettes, des lilas, des chrysanthèmes. Il n'y en a aucune à s'épuiser à écrire des choses
indifférentes, en tirant à la ligne, pour gagner quelques misérables francs. »

Près de deux mois se passèrent ainsi, pendant lesquels
Clotilde passa par trois phases bien caractérisées ; d'abord une
grande vaillance, ensuite un peu d'abattement causé par un
travail trop aride, une solitude trop ordinaire, un manque
de soutien moral absolu ; enfin un découragement profond,
fait du regret d'être là où elle était, d'avoir aiguillé sur la
mauvaise voie !

Elle alla voir M. Hasser et lui demanda s'il pouvait encore
la faire entrer chez l'armateur de Honfleur. Il n'était plus
temps ; la situation était prise.

Désappointée, la jeune fille confessa son erreur à son vieil ami. Elle lui avoua combien elle regrettait d'avoir quitté ses frères, pour venir, malgré tous les conseils, s'atteler à une insupportable besogne, dans les conditions les plus mauvaises. Puis, enfin elle lui parla, sans y attacher beaucoup d'importance, des conseils que lui donnait Célestin. Daniel Hasser écouta avec intérêt....

« C'est une excellente idée ! s'écria-t-il. Vous auriez là une occupation saine et intéressante, chez vous, dans votre maison, parmi les vôtres. Les jeunes filles qui veulent travailler regardent toujours trop loin d'elles ; elles ne voient que Paris, elles ont pourtant, sous la main, la plupart du temps, ce qui leur conviendrait !... J'irai voir ce monsieur, et je lui parlerai. »

Célestin parcourait le jardin

XI

La conclusion de tout ceci fut que, quinze jours plus tard, Clotilde quittait Paris, en compagnie d'Augusta et de M. Célestin, qu'elle avait invités tous deux à venir se reposer durant quelques jours à la campagne, et qui étaient heureux comme des collégiens en vacances à la pensée de voir autre chose que les rues de Paris.

Avant de partir, Célestin avait confié la clef de son jardin à son ami, l'employé du second, avec lequel il avait fait tant de parties de dominos. Celui-ci lui promit solennellement de venir arroser les plantes tous les deux jours ; sans cette promesse, Célestin n'eût pu goûter une heure de tranquillité.

Son ravissement fut grand, en voyant la jolie maison

toute riante derrière ses beaux pommiers et ses barrières
blanches. Le grand jardin qui s'étendait derrière, entouré
de murs et laissé presque en friche par Manette, qui avait
tout autre chose à faire qu'à le soigner, était pourtant
rempli de fleurs redevenues sauvages : liserons, ravenelles
et lilas poussaient à l'aventure, emplissant l'air de leurs parfums.

Pendant que Célestin parcourait ce jardin ensoleillé et
supputait le nombre d'arbres qu'on y pourrait mettre, Augusta, debout devant la fenêtre ouverte de sa chambre, contemplait l'admirable spectacle qu'elle avait sous les yeux.
Au-dessus des larges têtes des pommiers, la mer apparaissait, infinité d'eau bleue, où se reflétait l'azur du ciel ; de
grandes mouettes passaient, majestueuses ; parfois rasant le
flot, puis, d'un coup d'aile, s'élevant jusqu'au zénith, où
leur plumage blanc semblait devenir lumineux. Une senteur
douce et pénétrante d'herbes, de fleurs, d'arbres, cette
haleine de la terre que l'on respire dans les champs, lui
parvenait avec l'âcre parfum des varechs.

Clotilde, la voyant immobile, s'approcha d'elle ; et, surprise, vit qu'elle avait les yeux humides de larmes.

« Vous pleurez, chère cousine, qu'avez-vous?

— Rien, petite.... Une émotion impossible à expliquer.
Il y a vingt ans que je n'ai vu la campagne et la mer, ni
respiré un air pur, ni échappé au mouvement fiévreux de
Paris.... C'est une sensation délicieuse d'être ici.... Comment
avez-vous pu, ayant un gîte dans cet adorable pays, venir
vous enfermer dans le bureau du *Rosier Blanc*?... Dire que
j'y ai vécu vingt ans, dans cette cour sombre. Et que j'y

vivrai jusqu'à ma mort! Tandis qu'il y a des êtres assez heureux pour respirer de l'air, voir le soleil et se promener au
bord de la mer! »

Cette émotion était si sincère, si vraie, que Clotilde en
fut émue. Elle aussi se demanda comment elle avait pu
avoir la pensée de quitter ce coin paisible et familier.

Le rêve avait été court; elle revenait désillusionnée sur
bien des choses. Les essais littéraires qu'elle était parvenue
à produire l'avaient ennuyée à faire, et n'avaient pu trouver
grâce aux yeux de Mlle de Bouvray. Mieux valait la médiocrité dans ce coin de terre!... Elle y serait plus suppor-
table.

« Votre jardin est admirable! dit M. Célestin, durant le
dîner. On y peut créer une plantation de pêchers, qui vous
donneront un revenu élevé; en attendant ce produit, vous
cultiverez, suivant mes indications, des fraisiers et des
asperges, qui suffiront à entretenir le ménage.... Vous lirez
des livres que je vous procurerai, et lorsque vous serez
embarrassée, vous m'écrirez. »

Manette, rayonnante, écoutait cela.

« Ah! s'écria-t-elle, je savais bien qu'il était préférable
de demeurer à Honfleur. Et c'est un grand malheur, monsieur, que Bernard ne vous ait pas connu; il ne serait pas
parti pour ces pays abominables, d'où il ne reviendra peut-
être jamais. »

Clotilde secoua la tête pensivement : elle avait, pour son
frère de plus hautes ambitions.

« Une si piètre ressource n'était pas suffisante pour Bernard, dit-elle. Tu ne réfléchis pas, ma pauvre Manette,

qu'un homme comme lui ne pouvait se résigner à devenir un jardinier!...

— Vous êtes une petite fille inconsidérée! s'écria Augusta. Des gens qui valent bien votre frère ont créé des établissements horticoles très importants, avec moins de ressources que celles qu'il a follement risquées!... Sans compter qu'il a mal agi, en aventurant, en plus, son existence, pour une recherche d'or, qui n'aboutira sans doute à rien de bon. Vous n'avez pas encore de lettre, et voici deux mois qu'il est parti !

— Il nous a écrit de New-York. La traversée avait été bonne, dit Clotilde confuse.

— Bah! une traversée de huit jours. Un voyage que l'on fait aussi aisément à présent que celui de Paris à Saint-Cloud. Mais depuis?... Il vous disait qu'il allait partir pour Montréal. Vous n'avez plus entendu parler de rien?

— Hélas! non », murmura Clotilde, les yeux pleins de larmes, car son inquiétude était extrême.

A ce moment, Mme Vernhes, qui, plusieurs fois déjà, avait eu des regards fixes, en regardant Manette, s'écria :

« Il faut que je saisisse cette occasion de m'assurer d'une chose qui m'intéresse fort. N'est-ce pas vous, bonne femme, qui un jour, il y a huit ans de cela, avez intercepté une lettre par moi adressée au docteur Dubuit... et portée chez lui par M. Célestin?... »

Manette demeura surprise; après avoir songé, elle dit évasivement, mais avec un embarras évident :

« Comment pourrais-je me souvenir, après si longtemps?

— Vous me paraissez savoir fort bien à quoi je fais allusion, reprit Augusta d'un ton ferme. Comment avez-vous osé lire une lettre adressée à votre maître, et ensuite prendre sur vous de ne pas la lui remettre?... »

Manette n'était jamais embarrassée longuement. Elle dit :

« Ma foi, madame, je ne vous connaissais pas ; je n'ai pas lu la lettre entière ; j'ai seulement vu qu'il s'agissait d'une demande de secours : il en arrivait souvent comme cela, et si monsieur les avait lues, il aurait donné sans compter. Ses affaires n'étaient pas brillantes, et je le savais !... J'ai fait ce que j'ai pu, pour qu'au moins il ne se ruinât pas à donner à tout le monde !...

— C'est une bien grande audace ! » s'écria Augusta, avec une indignation extrême.

Manette, l'œil en feu, voulut répondre.

« Tais-toi, lui dit Clotilde avec un air d'autorité auquel elle n'était pas habituée. Tu as mal agi. Mon père eût été indigné contre toi, s'il eût su que tu te permettais de supprimer certaines lettres.

— Ton père était trop bon !...

— Il devait aider sa cousine malade et dans la détresse. Tu l'as empêché de faire son devoir, c'est une faute, continua Clotilde, avec la même fermeté. Tout ton dévouement pour lui n'excuse pas cela. Ma cousine le croyait un homme dur et égoïste. Tu vois quel tort tu as fait à sa réputation, toi qui l'aimais, pourtant !... Et on ne s'appauvrit pas en donnant.... Si mon père n'avait pas eu cette passion d'études coûteuses, nous n'eussions pas été sans ressources.... Ce ne sont pas les petites vilenies que tu lui as fait commettre à son insu qui ont empêché la ruine ! »

8

Manette, pour la première fois, baissait la tête.... M. Célestin serra la main de Clotilde et dit :

« Vous avez bien parlé, ma chère enfant! La charité n'a
jamais ruiné personne! »

Mme Vernhes ajouta :

« J'apprécie votre attachement à vos maîtres, Manette,
mais vous voyez qu'il ne faut rien pousser trop loin. Vous
reconnaissez à présent que vous faisiez tort au docteur, en
l'empêchant de secourir une parente malheureuse. »

Manette sortit, sous prétexte d'aller chercher un plat dans
la cuisine.

Pour changer le cours de la conversation, M. Célestin
recommença à parler du jardin et dit :

« Si j'avais à moi un terrain aussi grand, nous quitte-
rions Paris, ma bonne Augusta. Nous vivrions largement
du produit de mon jardin.... Et nous serions si heureux
ici! »

Mme Vernhes hocha la tête :

« Ne me parlez pas de ce qui pourrait être, Célestin.
Vous savez à quel point je désire finir ma vie ailleurs qu'à
Paris. Je me demande comment, après ces vacances que je
me faisais un plaisir d'avoir, je pourrai m'habituer, de nouveau, à la cour de la rue Cassette, et à ma chambre en face
l'église des Batignolles.... Il eût peut-être mieux valu ne pas
venir....

— Chère cousine, dit Clotilde émue, vous nous ferez
plaisir en venant souvent. Si vous pouviez y passer l'été,
avoir ici vos manuscrits à lire, votre correspondance, tout
votre travail, nous serions heureux de vous recevoir.

— Jamais Mlle Pascaline n'y consentira! » murmura Augusta, dont l'œil brillait à la seule pensée de quitter le bagne où elle était rivée.

On avait fini de dîner, Manette servit le café sur une petite terrasse, devant la maison.

« Voici le capitaine Saturnin! » s'écria Roger, s'élançant vers la barrière, derrière laquelle apparaissait son ami.

Saturnin avait l'habitude de venir chaque jour faire une visite à ses voisins. Il arrivait, sa petite pipe aux lèvres, sa casquette un peu penchée, les deux ancres de son collet étincelantes, l'air plus marin que jamais.

En voyant des visiteurs chez les Dubuit, il hésita; mais Clotilde était allée au-devant de lui, et lui serrant la main. lui dit :

« Venez, je vais vous présenter à ma cousine, Mme Augusta Vernhes, et à mon ami M. Célestin. »

Célestin et le capitaine se regardaient avec une émotion inexplicable. Le capitaine avait laissé tomber sa pipe. Célestin, tremblant, mal assuré, fit un pas en avant, et balbutia :

« Est-ce que tu m'en veux encore, Saturnin?...

— Moi?... De ma vie, je n'ai eu un pareil plaisir! »

Clotilde eut l'indicible surprise de les voir tous les deux se serrer les mains, et même s'embrasser, avec un élan auquel elle ne comprit rien.

Mme Vernhes s'écria :

« Eh bien! voilà une aventure! Comment! c'est Saturnin? Vous vivez encore? Je vous croyais mort! Comment n'êtes-vous plus à Brest? Que faites-vous ici?...

— Je me suis retiré dans cette maison que vous voyez tout près. J'ai voyagé....

— Ah! votre toquade d'autrefois! C'est donc pour cela que je vous vois costumé en officier de marine? » reprit Augusta.

Le capitaine voulut détourner la conversation :

« Je t'ai cherché à Paris, sans pouvoir rencontrer quelqu'un qui me donnât de tes nouvelles. J'en ai vainement demandé dans une institution où tu as été quelque temps professeur. On ignorait ce que tu étais devenu. Comment ne m'as-tu pas donné signe de vie?

— J'étais pauvre! balbutia Célestin.

— C'est très mal, ce que tu dis là!... Sans être riche, j'ai assez d'aisance pour pouvoir aider mon frère!... »

Clotilde sursauta. Ils étaient frères; cela expliquait la ressemblance qu'elle avait remarquée d'abord entre eux, et qui s'accentuait maintenant qu'elle les voyait l'un près de l'autre.

« Mais je croyais que vous vous nommiez seulement M. Célestin?...

— Célestin Vautour. Ce nom a fait le malheur de ma vie! dit mélancoliquement le professeur de sciences naturelles. Il m'a brouillé avec Saturnin. »

Les deux frères se serrèrent encore la main; ils vinrent s'asseoir devant la petite table où fumait le café dans les tasses, et M. Célestin, voyant que Clotilde le regardait avec curiosité, dit :

« Je vais vous conter mon histoire en quelques mots. Elle n'est pas gaie!... Nous n'étions que deux frères : Saturnin

Célestin et le capitaine s'embrassèrent.

avait étudié dans l'espoir d'être marin ; mais sa mauvaise
vue s'opposait à....

— Laisse là ma mauvaise vue ! dit Saturnin avec humeur.

— Moi, je me sentais attiré vers la botanique pratique....
permettez-moi d'appeler ainsi l'art du jardinage. Nous avions
perdu nos parents ; un oncle nous servait de tuteur....

— C'était mon oncle aussi ! interrompit Augusta. Car,
vous savez, Clotilde, nous sommes cousins, Célestin et moi.

—- Cet oncle ne voulut pas me permettre de suivre mes
goûts. Pour mon malheur il voulut me faire embrasser la
carrière de l'enseignement. J'obtins une bourse. Je connus
la triste situation que l'on faisait autrefois, dans les collèges,
aux pauvres boursiers. Moi, en plus, j'avais un nom ridicule !
Ne te fâche pas, Saturnin ; je t'assure que c'est ridicule,
pour un homme, de porter un nom d'oiseau de proie. On
feignait de se tromper sur mon nom véritable : on m'appelait émouchet, faucon... et surtout buse. Je me suis toujours demandé pourquoi le nom de ce rapace est devenu
synonyme de bêtise !...

« Je souffris beaucoup durant mes années de collège. J'ai
le malheur d'avoir le caractère vif ; j'avais journellement
des combats à coups de poing avec mes camarades. J'eus la
maladresse, un jour, de casser une dent au fils du proviseur ;
c'était un joli garçon, il fut gâté du coup, et sa mère ne put
me le pardonner. Je sortis du collège assez mal noté. Je
parvins à passer mes examens, à être nommé pion dans un
petit collège de dernier ordre, en province. Vous ne vous
figurez pas ce qu'était ce métier, autrefois, il y a quarante

ans. Le pion était le souffre-douleur de tout l'établissement.
Les malfaisants gamins inventaient les plus mauvais tours,
et les lui faisaient, sans qu'il pût presque se défendre....
Mais si la situation était habituellement déplaisante, jugez
ce qu'elle pouvait être pour un homme qui s'appelait Vautour. Il n'y a pas de sottes plaisanteries que je n'aie subies.
J'étais jeune; elles m'exaspéraient. Je voyais mon profil,
exagéré en caricature, dessiné sur tous les murs; mes
mains changées en serres d'oiseau de proie, tenant un col-
légien, et comme devise : M. Vautour, dévorant un malheureux élève qui l'avait pris d'abord pour une buse. Ce
n'était pas très spirituel; mais c'était insolent et agaçant.
Bref, un jour où j'étais peu disposé à la patience, je souf-
fletai un élève de rhétorique, qui me traitait comme si j'eusse
été son domestique. Grand scandale. Je fus chassé; et
j'avoue que je l'avais mérité; car un pion ne doit jamais
perdre patience. Mais songez que j'avais dix-huit ans. A peu
près l'âge de la grande brute que j'avais châtiée de son inso-
lence.

C'est alors que j'eus l'idée qui me brouilla avec Saturnin. Je fis des démarches pour changer de nom et prendre
celui de ma mère. Saturnin, indigné, avec raison, je le
reconnais, me fit des reproches violents. Nous eûmes une
discussion; je partis pour Paris; et nous ne nous étions
jamais revus jusqu'aujourd'hui.... »

Les deux frères se serrèrent encore la main. Le capitaine
dit :

« Nous avons mauvaise tête dans la famille. Nous nous
aimions de loin, sans vouloir d'abord nous rapprocher. J'ai

fait des recherches, à Paris; mais dans aucun collège on n'avait jamais entendu parler de toi.

— Non! reprit Célestin. Je donnai des leçons dans des pensionnats libres, et j'étais connu seulement sous le nom de Célestin.... Mais toi, tu as voyagé?

— Je te raconterai tout cela plus tard, reprit vivement le capitaine. Tout ce que je puis te dire, pour l'instant, c'est que j'ai une modeste petite aisance; la maison voisine m'appartient. Oui, ce chalet de bois verni à toit de chaume. Si tu veux y venir vivre avec moi, tu me feras plaisir. Elle n'est pas grande, mais on ferait aisément une chambre dans le grenier... une jolie chambre, ayant vue sur la mer!...

— J'aurais un jardin!... s'écria Célestin dans un ravissement inénarrable.

— Oui! Un grand jardin! Je ne sais combien d'ares... quarante au moins!

— Il y a là dix mille francs de rente! » dit Célestin.

Son frère le regarda avec inquiétude.

« Je ne suis pas fou! Je dis la vérité. Tu ne sais pas que je suis très fort en horticulture; j'ai suivi des cours à Paris, et j'avais un beau jardin de trois mètres carrés, sur une terrasse. Ce sera le paradis. Vivre ici, dans une campagne ravissante, et avoir un jardin! Vous voyez, Augusta, il ne faut jamais désespérer de rien.

— Vous avez raison! » dit Augusta, qui songeait avec effroi à la solitude où elle allait se trouver en revenant à Paris.

Célestin le comprit; il devint sérieux et dit à son frère :

« Avant d'accepter ton offre, j'ai à te parler. Si tu veux,

nous allons tout de suite visiter la maison et le jardin, et en les visitant, nous nous entendrons; ce sera très simple, je crois. »

Tous deux s'éloignèrent.

Malgré le sourire encourageant de Célestin, Augusta demeura pensive. Perdre subitement la société habituelle et l'appui de cet excellent homme était pour elle un véritable malheur. Clotilde le comprit et dit :

« Soyez certaine que tout s'arrangera. Vous viendrez ici, voilà tout! Nous vous donnerons une chambre, notre maison est grande.

—. Vous êtes bonne, ma chère petite, répliqua Augusta, en l'embrassant; mais je ne puis accepter votre offre. Tant que je pourrai travailler, je le ferai. Je ne retomberai pas à la charge de parents aussi gênés que moi.

— Vous savez bien que notre jardin, sous la direction de M. Célestin, va nous donner des revenus fabuleux, » dit Clotilde en souriant.

Augusta secoua la tête; elle ne croyait guère aux rêveries de son cousin.

« Une chose me stupéfie, dit-elle, en regardant par-dessus la haie les deux frères qui gesticulaient avec animation. Comment Saturnin est-il devenu marin? Et capitaine? Je croyais qu'il avait à Brest un magasin d'oiseaux exotiques et de coquillages. »

Déjà, en entendant le capitaine conter ses aventures de voyage, Clotilde avait conçu des doutes sur la réalité des choses qu'il narrait si prolixement. Elle dit :

« Je ne sais pas s'il a beaucoup voyagé…. Je crois qu'il

voudrait le faire croire... et qu'à force d'avoir lu et entendu raconter des récits d'excursions lointaines, il pense les avoir accomplies lui-même.

— Ah!... ah!... » dit Augusta rêveuse.

Les deux frères examinèrent le plant, contenant une vingtaine de pommiers, le jardin, très grand, entouré de murs comme celui des Dubuit. Puis, après que Célestin eut étudié l'orientation et la nature du sol, ils revinrent vers la maisonnette.

Cette maisonnette, nous l'avons dit, était minuscule. Elle se composait, au rez-de-chaussée, de trois pièces; dans l'une, le capitaine avait réuni sa collection et accroché son hamac; la seconde servait de cuisine; la troisième, inoc- cupée, contenait des caisses, des malles, de vieux paniers.... Quant à l'étage supérieur, il se composait d'un grenier, divisé en deux mansardes.

« Cela fera parfaitement notre affaire, si tu le veux, dit M. Célestin, après avoir visité le logis avec soin. Voilà, je serais heureux, plus que je ne puis dire, de venir habiter avec toi : d'abord parce que nous sommes frères, et nous avons été trop longtemps séparés; ensuite parce que le rêve de toute ma vie serait d'avoir un jardin.... Mais je ne veux pas, et je ne puis pas me séparer d'Augusta. »

Le capitaine fronça les sourcils.

« Augusta?... Et quel besoin as-tu de sa présence?

« C'est plutôt elle qui a besoin de moi, dit doucement M. Célestin. Depuis trente ans nous vivons dans la même maison; nous mettons en commun nos ressources. Je puis te le dire, à toi : si je n'avais pas été là, la pauvre femme eût

subi les plus dures privations. Elle est courageuse, pourtant,
et ne se plaint pas. Je ne vais pas, tu le comprends, l'abandonner dans sa vieillesse. Elle et moi, nous avons un petit
revenu d'environ deux mille francs. Nous te paierons un
loyer.

— Célestin!... Quelles idées as-tu là?

— Si!... Si!... Cela vaut mieux! Nous serons encore tes
obligés. Tu laisseras le jardin sous ma direction.

— Oh! cela bien volontiers; je ne m'en occupe jamais.

— Je le vois bien. Il ressemble à un champ.... Eh bien!
avec cet espace de terrain, je me fais fort d'avoir dix à
douze mille francs de revenu, que nous partagerons, toi et
moi.

— Je crois bien que tu exagères, dit Saturnin incrédule.

— Je t'assure que non! Ce sera une jolie aisance, obtenue
bien facilement.

— Ma foi, tant mieux! s'écria le capitaine. Je t'avoue
que j'ai un revenu excessivement mince. J'achète quelquefois
des cartes de géographie et des livres; j'ai un canot dans le
port; je paie un vieux matelot qui vient avec moi à la pêche:
tout cela me met souvent à la gêne!... Et tes douze mille
francs seront les bienvenus!... Seulement je doute....

— Tu as tort de douter! Je cultiverai des légumes et des
fraises. Les arbres fruitiers ne seront en plein rapport que
dans quelques années d'ici; mais les légumes et les fraises,
j'en aurai tout de suite, car je produirai des primeurs.

— Il y aura des frais d'installation?

— Naturellement! Mais j'y suffirai. Quelques mille francs
feront l'affaire! Il faut une serre, des châssis et des arbres,

— Tu vas te ruiner, pour tout cela!... murmura le capitaine.

— Je vais vous enrichir. Si nous avions été dans la situation actuelle, il y a dix ans, nous eussions évité bien de la
misère et des heures pénibles. Enfin, il faut remercier Dieu,
qui nous a réunis si miraculeusement. et dans des conditions
si favorables.

— Cette cousine Augusta m'ennuie! dit Saturnin.

— Rien de fait, sans elle! répliqua avec fermeté
M. Célestin. Tu dois comprendre mes raisons.

— Eh oui, pardieu!... je les comprends. Mais elle m'ennuie!... Il va falloir arranger la maison.

— Elle aura la petite chambre du rez-de-chaussée, celle où
tu mets tes caisses; à moins qu'elle ne préfère les mansardes.
Enfin, c'est pour une année que je te demande de la recevoir.
Après ce laps de temps, j'aurai assez d'argent pour pouvoir
louer pour elle et pour moi une maisonnette dans les envi-
rons. Je viendrai chaque jour voir le jardin.

— Bien! Mais qu'est-ce que je ferai, moi, dans tout cela?
reprit le capitaine un peu confus. Je ne puis pourtant pas
partager avec toi des bénéfices que je n'aurai pas contribué
à faire?

— Tu me seras très utile! Tu as l'habitude des voyages,
as-tu dit?

— Mais... oui!... c'est-à-dire... un peu... balbutia Saturnin, fort embarrassé. Pourquoi?

— Voici. Je vendrai mes produits en Angleterre. Il faudrait y aller quelquefois; et surtout très souvent au Havre.
Moi, je ne le puis, car je m'occuperai des cultures. Toi, tu

feras ces petites traversées, pour t'entendre avec les commissionnaires. Tu as aussi l'habitude du commerce et tu nous tireras d'affaire là où je me laisserais rouler, passe-moi ce mot vulgaire.

— Ma foi, c'est possible! » s'écria le capitaine tout joyeux.

Les voyages en Angleterre l'épouvantaient bien un peu, à cause du fâcheux mal de mer; mais ceux au Havre lui plaisaient extrêmement.

Il y allait rarement, car, ainsi qu'il l'avait dit à son frère, ses ressources étaient des plus modiques ; il aimait pourtant le mouvement du port, les grands bateaux appareillant pour tous les pays du monde, le va-et-vient des innombrables marchandises que l'on embarque et que l'on débarque, le bruit des chevaux, des gens, des sirènes de navires, des sifflets à vapeur, toute cette animation qui fait d'un grand port de commerce l'un des spectacles les plus amusants et les plus pittoresques que l'on puisse voir.

« C'est entendu! Je pourrai peut-être rendre des services à l'association, dit-il en souriant. Je parle assez bien l'anglais.

— Bon, cela!... C'est toi qui nous sauveras!... Quant à Augusta, c'est une excellente femme. Elle s'occupera de tenir en ordre la maison. C'est triste un intérieur de vieux garçon. Tout y est à la débandade....

— C'est un peu vrai. Et pourvu qu'elle ne touche pas à mes armes empoisonnées, je ne serai pas fâché de lui être utile, à la pauvre femme!... Tu es un bon cœur, Célestin. Et je regrette de t'avoir brutalisé autrefois. »

Les deux frères se serrèrent vigoureusement les mains ; et des larmes montèrent à leurs paupières. Mille souvenirs de leur enfance et de leur première jeunesse leur revenaient en mémoire. S'ils n'avaient pas fait de démarches pour se rejoindre, il n'est pas moins vrai qu'ils s'aimaient, pourtant. Mais le capitaine ne savait où trouver son frère ; et Célestin, pris tout entier par les tristes préoccupations d'argent qui l'avaient opprimé toute sa vie, n'avait guère le loisir de songer à autre chose.

Sans doute, lorsqu'il rêvait de prendre sa retraite, la pensée de son frère lui revenait. Mais cela paraissait si lointain, cette retraite! si reculé encore, dans les années à venir!

Tous deux revinrent vers la maison des Dubuit, où, dans le jardin, les attendaient Augusta et Clotilde. Les enfants, depuis deux mois, allaient chaque jour à une école située dans le voisinage.

« Ma chère cousine, tout est convenu entre mon frère et moi, et nous espérons que vous approuverez nos arrangements, dit Célestin à Mme Vernhes. Nous avons décidé d'habiter tous ensemble dans le chalet; nous nous arrangerons fort bien ; je coucherai dans une mansarde, Saturnin dans l'autre; il restera, en bas, votre chambre, la cuisine et le salon.

— Ma chambre! répéta Augusta, avec une joie si vive que sa figure ridée devint rose comme celle d'une jeune fille. Vous me gardez avec vous?...

— Comment ferions-nous autrement? » dit le bon Célestin.

Elle leur prit les mains, sans pouvoir trouver un mot pour peindre sa gratitude; Saturnin se sentit ému et heureux d'avoir cédé aux désirs de son frère.

« Mais... je possède à peine cinquante francs de rente par mois.

— Cela payera bien votre dépense personnelle. Ici, tout est moins cher qu'à Paris, répliqua Célestin. Et puis, vous ne resterez pas inactive; d'abord vous dirigerez le ménage. Ensuite qui sait si Mlle Pascaline ne consentira pas à vous envoyer les manuscrits à lire, et la correspondance à faire?...

— Ce n'est guère à espérer, dit Augusta, elle est très sèche et voit seulement ses intérêts....

— C'est pourtant une personne si charitable! dit Clotilde.

— Charitable pour les gens qu'elle ne connaît pas, oui, mais moi, je suis tout près d'elle... il lui est facile de m'aider... elle ne l'a jamais fait. Lorsque j'eus cette grave maladie, dont je faillis mourir, il y a huit ans, elle menaça de donner mon emploi à une autre personne; et il fallut, pendant ma convalescence, au risque d'une rechute, me remettre au travail. Oh! s'il ne s'agissait que d'organiser un comité, une conférence, une vente de charité, elle s'y donnerait tout entière. Mais être bonne, pour une pauvre femme qu'elle connaît depuis trente ans, il n'y faut pas penser....

— Eh! nous nous passerons d'elle! s'écria le capitaine. Voici Célestin qui va nous enrichir, en faisant pousser dans le jardin des choux et des carottes.... »

On rit de cette boutade.

« Et puis, ajouta Augusta, je pense à une chose, vous me raconterez quelques-uns de vos voyages; je les mettrai en roman et je les publierai dans un journal où l'on me connaît. »

Le capitaine rougit, comme un écolier pris en faute.

« C'est que je raconte mal... mal... et je n'ai pas voyagé beaucoup. J'ai surtout entendu les autres faire le récit de leurs aventures....

— Qu'est-ce que cela fait? du moment que ces aventures sont inédites et intéressantes. Je les présenterai sous une forme amusante.... De la sorte, nous collaborerons. Cela vous plaira?...

— Peut-être, ma cousine.... J'ai vu ou entendu tant de choses! dit Saturnin, rayonnant de plaisir.

Car ceci flattait sa manie dominante, plus que toute autre chose; et rien que sur une proposition semblable, il eût offert l'hospitalité à la cousine Augusta.

Voir ses récits imprimés, passer des heures exquises à mettre en ordre ses souvenirs, à conter des anecdotes, consulter des cartes, pointer des distances, quelle joie!... Et quelles bonnes journées en perspective!

Pour la première fois, il se réjouit absolument d'avoir changé sa solitude contre une existence sociable et familiale. Il s'écria :

« Oh! les excellentes soirées d'hiver que nous passerons, au coin du feu, à arranger nos aventures! Et vous êtes sûre de les faire publier?

— Oui. Je connais un éditeur qui les prendra volontiers. Nous en ferons toute une série : *Voyages extraordinaires du capitaine Saturnin, dans toutes les parties du monde.* N'est-ce pas un titre superbe? »

9

Le capitaine atteignit sa pipe et commença de la bourrer, tant sa satisfaction était grande ; il se ravisa :

« L'odeur du tabac vous est peut-être désagréable, ma cousine ?

— Pas du tout, mon ami ; autrefois mon mari fumait beaucoup, et j'y étais très bien habituée.

— Tu sais, dit gravement le capitaine à Célestin, un moment après, c'est une femme remarquable, Augusta. Elle a du talent et de l'esprit ! Je suis heureux de la recevoir chez moi, et je désire que ce soit le plus tôt possible.

— Ce sera tout de suite ! répliqua Célestin. Nous retournons dans deux jours à Paris, pour faire les préparatifs nécessaires, dans une semaine nous serons installés ici. »

Une véritable foule attendait d'être embarquée

XII

Aussitôt débarqué à New-York, Bernard avait écrit à sa sœur, dans le court espace de temps (quelques heures à peine) qui séparait son arrivée de son départ pour Montréal.

Deux jours à Montréal, pour faire quelques approvisionnements de vêtements et d'armes ; et les trois compagnons partirent pour Vancouver, par le *Pacifique Canadien*... voyage de six jours.... Toute l'Amérique du Nord à traverser, quatre à cinq mille kilomètres à faire.

Bernard, qui n'était pas rompu à d'aussi rudes fatigues, était légèrement fiévreux en arrivant ; l'itinéraire comportait d'ailleurs quelques jours d'arrêt à Vancouver pour acheter des vivres : viande séchée, thé, chocolat....

A l'hôtel Washington où ils descendirent, ils rencontrèrent
un touriste anglais qui allait visiter le Klondyke en amateur.
Vêtu de velours, en culotte, et guêtres lacées, il allait là,
comme précédemment il avait visité la Suisse, l'Égypte ou
l'Italie.

Crosnier et Jones se chargèrent de faire les achats nécessaires, et Bernard demeura à l'hôtel, pour se reposer ; il lia
conversation avec le touriste, qui, le voyant un peu pâle et
fatigué, lui dit :

« Est-ce que vous revenez des mines ?

— Non ; j'y vais. Le voyage de Montréal ici m'a fatigué. »
L'Anglais hocha la tête :

« Oh ! Vous ne serez pas de force à résister, alors ; vous
feriez mieux de n'aller pas ! cependant nous sommes en mai ;
la saison est bonne, on lave l'or, et si vous allez seulement
pour voir, vous arriverez à point.

— Non ; je vais pour chercher, moi aussi. Je croyais que
c'était l'hiver l'époque du travail !

— Comment voulez-vous ? La terre est plus dure qu'un
bloc de roche ; et le mercure est congelé. L'hiver les mineurs
creusent des puits, formant des monticules de la terre qui
contient de l'or, et qu'ils lavent durant l'été, lorsque l'eau
du fleuve est redevenue liquide. »

Un peu abattu, Bernard dit :

« Oh ! Je pense bien passer un an dans l'Alaska.

— Et comment comptez-vous faire ? demanda l'Anglais
qui se nommait Edward Carnegie. Irez-vous par la Chilcoot
Pass, ou par les bateaux de la compagnie de l'Alaska ?

— Par les bateaux, c'est plus rapide et plus sûr. Nous

nous embarquerons sur un des steamers qui mènent de Vancouver à Saint-Michaël, en douze jours; Saint-Michaël est
situé, comme vous savez, à l'embouchure du Youkon : là on

Bernard lia conversation avec le touriste.

nous transborde sur des bateaux à fond plat qui remontent
le fleuve jusqu'à Dawson City.... »

Carnegie écoutait flegmatiquement, tout en contemplant
Bernard d'un œil attentif.

« Si vous voulez mon opinion, je vous dirai que vous aurez beaucoup de peine à réussir. Il se passe des choses tout à fait extraordinaires. Le Canada tout entier, je crois, s'ébranle pour envahir l'Alaska; des milliers de misérables, quelques-uns accompagnés de femmes et d'enfants, sont passés ou sont en marche, pour aller à ce pays de l'or, qui affole tout le continent américain. C'est un peuple en exode !... Songez à l'encombrement effroyable qui se produit là !... Beaucoup, au lieu d'or, y trouveront la mort; la fièvre typhoïde, le scorbut, les pneumonies en ont tué des centaines l'hiver dernier.

— Ne me découragez pas! dit Bernard. Je suis venu ici, j'irai jusqu'au bout.

— Ceux qui ont réussi dans cette entreprise sont des malheureux, habitués aux misères les plus effroyables! continua Carnegie; vous paraissez un homme d'éducation toute différente.... Il faut n'avoir plus aucun espoir en ce monde pour venir au Klondyke. D'ailleurs, vous ne trouverez même plus de terrain à *prospecter*; tous les claims sont pris; il y en a à vendre à des prix fabuleux. Et on ne sait jamais ce qu'ils peuvent renfermer d'or!... Peut-être pas une once!... »

Agacé, Bernard se leva, pour interrompre une conversation déplaisante. Edward Carnegie le suivit. Il semblait s'être pris, pour le jeune homme, d'une sorte d'intérêt; et c'était en toute sincérité qu'il essayait de le détourner de cette entreprise désespérée.

« Voulez-vous que nous sortions? dit-il. Nous irons voir l'embarquement des mineurs qui partent aujourd'hui pour Dyea. »

Force fut à Bernard de se laisser accompagner.

Ils arrivèrent à l'embarcadère : une jetée de grossiers madriers de bois, où une véritable foule, un millier d'hommes, de chiens, de rennes, de chevaux et des bagages, caisses, sacs de lard, de farine, de viande séchée, de biscuits, attendaient d'être embarqués; un lourd navire chargeait les marchandises à l'aide d'une grue à vapeur ; le spectacle avait une animation fiévreuse, qui déplut à Bernard. Presque toutes ces figures d'hommes montraient une résolution farouche, et avaient dans les yeux la dureté de l'être qui va risquer sa vie dans la lutte, et ne regarde pas à écraser, autour de lui, tout ce qui peut l'entraver.

Dans l'homme, la brute sommeille. Les grands cataclysmes l'éveillent facilement. On a vu, dans des incendies d'édifices publics, des hommes plus dangereux que des chevaux affolés, passer sur le corps d'êtres faibles, pour sauver leur vie....

Ces fièvres de l'or, qui, périodiquement, poussent tout un pays vers un point du globe, quels que soient les dangers à courir, sont comme des maladies du corps social ; les luttes pour le succès s'y font âpres et violentes. On se coudoyait, on se bousculait, on vociférait. Des faces de brutes ; la mâchoire en avant, l'œil en feu, apparaissaient, et des poings, des épaules carrées qui se frayaient un passage dans la masse....

« Voyez! dit Carnegie. Quel spectacle ignoble! Ces gens vont tous à Dawson.... Arrivés là, ils ne sauront que faire; car, je vous le répète, il n'y a plus de claims à prendre!...

— Jamais cette foule n'entrera dans ce bateau....

— Si!... En se tassant!... Mais arriveront-ils!... Cela,

qui peut le dire?... Deux bateaux trop chargés ont sombré le
mois dernier....

— Vont-ils jusqu'à Dawson, en bateau?

— Non. Jusqu'à Dyea, seulement. Là, ils prendront la
route de terre; il leur faudra franchir la Chilcoot Pass, une
montagne de quinze cents mètres d'altitude environ; des milliers de chevaux et de bœufs y sont morts; il faut passer les
bagages à dos d'homme; on trouve bien des tribus d'Indiens,
qui se louent pour faire ce service; mais ils ont haussé leurs
prix, en présence de cet envahissement; et vous pensez bien
que la plupart des gens que nous voyons là passeront eux-
mêmes leurs bagages. Chacun emporte à peu près mille kilogrammes; cela représente vingt voyages....

— Vingt voyages! qu'entendez-vous par là? demanda Bernard épouvanté.

— Voici! Un homme ne peut guère porter plus de cinquante kilogrammes sur son dos, pour franchir des passes
de montagnes horriblement pénibles, où l'on enfonce parfois
dans la neige jusqu'au ventre. Lorsqu'il est parvenu à gagner
le sommet du Chilcoot, il jette sa charge sur la neige, y
plante un pieu pour reconnaître l'endroit, et repart chercher
le reste.... A cinquante kilos à la fois, comptez le nombre
de voyages! Je n'exagère pas! Des centaines d'hommes ont
péri là, au début; d'autres, découragés, ont abandonné une
partie de leurs bagages, se sont enfoncés dans l'Alaska, sans
provisions suffisantes, et y sont allés souffrir la famine....
Heureux encore si, lorsque après avoir porté de l'autre côté
de la passe presque tout votre avoir, vous ne trouvez pas, en
y amenant le reste, que quelque voleur s'en est emparé.

— Mais il y a des chevaux, des chiens?...

— Les chevaux y périssent, je vous l'ai dit; les chiens n'arrivent pas à traîner des charges semblables en montagne; ils ne sont bons qu'en plaine.

On se bousculait.

— Heureusement, nous n'allons pas de ce côté, dit Bernard. Mais comment ces gens-là prennent-ils une route si difficile?

— Parce qu'elle est moins coûteuse, et parce qu'ils ne connaissent pas bien le pays. Le connaissez-vous?...

— Non !... » murmura Bernard, qui comprenait de plus en plus l'imprudence commise par lui, mais ne pouvait plus reculer.

Edward Carnegie semblait prendre un singulier plaisir à désillusionner ce chercheur d'or mal aguerri.

« Vous êtes Français de France, comme on dit en ce pays : c'est-à-dire vous n'êtes pas Canadien ; votre gouvernement a publié cependant une circulaire, mettant en garde vos compatriotes contre l'entreprise que vous allez tenter.... Ce n'est pas un paradis, le Klondyke, oh ! non !... La belle saison dure dix à douze semaines : un soleil de feu qui n'arrive pas même à dégeler la terre... car le sol est protégé par une mousse épaisse et haute, d'où sortent des millions de moustiques dévorants. L'hiver, le mercure gèle. Si encore vous étiez certain de rencontrer la fortune que vous venez chercher si loin, au prix de tant de souffrances ! Mais combien n'y ont trouvé que la misère.... Certains claims renferment des millions ; d'autres, tout voisins des premiers, ne contiennent qu'une quantité négligeable de poudre d'or. Il est vrai qu'on a toujours la ressource de travailler comme terrassier à soixante-quinze francs par jour.... »

L'orgueil de Bernard se cabra ; il finit par perdre patience et riposta :

« Je sais ce que j'ai à faire, et si j'avais eu à demander des conseils, c'eût été plutôt à des amis qu'à un étranger....

— Naturellement, » dit avec flegme Edward Carnegie.

Bernard lui tourna le dos avec humeur, et revint à l'hôtel ; il y retrouva Claude Crosnier.

« Eh bien ! nous approchons du but ? s'écria gaiement

Crosnier, en l'apercevant. Demain, le *Red-River*, où nous avons retenu notre passage, appareillera ; dans un mois au plus tard, nous commencerons nos recherches.

— Oui, si nous trouvons un claim à prendre! riposta Bernard, rendu sombre par la conversation de Carnegie.

— Que t'arrive-t-il?... Vas-tu douter du succès, à présent?... »

Bernard lui conta les objections que lui avait faites l'Anglais.

« Je t'avoue, dit-il en terminant, que l'affaire ne se présente pas sous un jour favorable. Si tu avais vu la réunion de brutes qui s'embarquaient tout à l'heure pour Dyea, tu aurais pensé, comme moi, que nous aurons là de tristes compagnons....

— J'ai vu; je viens moi-même du port! J'y ai laissé notre camarade Jones.... Nous y avons fait porter directement les objets que nous avons achetés... c'est-à-dire les vivres, les tentes, un poêle, des instruments de mineurs, pics, pioches, pelles, écuelles à laver l'or, etc.... On a déposé tout cela dans un hangar, sur le quai ; ce sera embarqué demain matin, nous partirons demain soir. Une fois à Dawson City, toutes tes idées de découragement disparaîtront. Et calcule un peu.... Nous sommes seulement au mois de mai; la navigation est ouverte jusqu'en septembre; si nous avons une bonne chance, comme il y en a des quantités dans ce pays de féerie, nous pourrons revenir pour ce moment-là. Nous n'avons pas la fièvre de l'or, nous... c'est-à-dire l'amour insatiable du lucre. Une modeste fortune nous suffira. Elle peut être faite en deux mois.... »

Bernard secoua les épaules : mais ces paroles et l'entrain énergique de Claude le remontèrent un peu.

« Ah ! c'est qu'il faut bien prendre notre parti, continua celui-ci en riant. Nous sommes ici, il y faut rester. Nous avons dépensé tout notre avoir ; pour ma part, il me reste cinq cents francs, sur les six mille que m'a donnés mon père ; Jones est complètement à sec depuis longtemps, puisque nous lui avons prêté mille francs....

— Je n'aime pas Jones, dit Bernard.

— Moi non plus. Mais c'est un homme qui est déjà venu dans ce pays-ci.... Il en connaît parfaitement les habitudes.... Il m'a été très précieux pour les achats ; il a obtenu des remises que, tout seul, je n'eusse pas eues des marchands.... Te reste-t-il de l'argent, à toi ?...

— Oui, un peu ! » dit évasivement Bernard.

Il ne se défiait pas de Claude, qui était un brave et honnête garçon ; mais il avait, en Jones, une confiance très limitée ; et il craignait que Crosnier parlât à l'Anglais des ressources qui lui restaient.

Bernard et Claude s'installèrent sur le pont.

XIII

Cependant la soirée avançait; la cloche sonna l'heure du dîner; la foule de gens qui remplissait l'hôtel se précipita vers la salle à manger.

C'étaient, pour la plus grande partie, des hommes allant aux mines; quelques touristes, comme Edward Carnegie, tranchaient par leurs allures sur les façons brutales des autres; la table fut prise d'assaut avec des bousculades qui rappelèrent à Bernard les luttes des mineurs qu'il avait vus s'embarquer.

Pas n'est besoin, d'ailleurs, d'aller à Vancouver pour assister à ces hautes luttes.... Bernard se rappela avoir fait un séjour à Saint-Malo, où, dans l'hôtel, des Anglais en voyage s'offraient cette gymnastique apéritive avant de déjeuner. Il se trouva placé entre Carnegie et Claude.

Au début du repas, Bernard, qui avait un appétit vigoureux, songea seulement à manger ; tout à coup la pensée de Jones lui revint en mémoire ; il regarda autour des trois tables qui emplissaient la salle ; il ne le vit pas.

« Qu'est donc devenu Jones ? demanda-t-il à Crosnier.

— N'est-il pas ici ?...

— Je ne le vois pas.... »

Claude lança un regard circulaire, dans la salle.

« Lui serait-il arrivé quelque accident ? » murmura-t-il.

Edward Carnegie demanda :

« Vous cherchez votre associé ?... Un grand individu à face longue et barbe rouge, qui, je crois, ne parle guère et a l'air faux....

— Oui... c'est bien lui... dit Bernard. Il doit être resté sur le quai, à la garde de nos bagages....

— Il n'est pas resté sur le quai. Il est parti.

— Parti ? répéta Bernard, sans comprendre.

— Oui, riposta très tranquillement Carnegie. Je l'ai vu s'embarquer, il y a deux heures, avec un gros bagage. »

Bernard et Claude demeurèrent anéantis....

Non seulement les objets achetés dans la journée avaient été portés sur le quai, mais encore tous ceux qu'ils s'étaient procurés à Montréal, et même au Havre, à leur départ de France....

Il ne leur restait que quelques vêtements et un peu de linge, dans une valise ; plus le revolver que chacun d'eux portait sur soi.

Claude bondit de sa chaise :

« Allons porter plainte ; il y a une police ! »

— Que voulez-vous qu'elle fasse dans ce cas ? demanda Carnegie.

— Qu'on arrête le coquin à son arrivée à Dyea !

— Cela n'est pas facile ; devant de pareils débarquements d'immigrants, tout contrôle est impossible. Votre homme vous échappera. Il a combiné très bien son coup. Vous n'avez qu'un espoir, c'est de le retrouver à Dawson ; là, il y a un juge. Sans compter que les mineurs sont implacables pour les voleurs. Ils les lynchent, sans miséricorde. »

Bernard et Claude, furieux tous deux, et ne sachant à quoi se résoudre, se regardèrent :

« Je vous engage à finir votre dîner, reprit l'Anglais, il sera toujours temps de porter plainte ensuite. Votre homme est déjà hors d'atteinte.

— Si je le rencontre jamais, il passera un mauvais quart d'heure ! gronda Crosnier, en fermant un poing formidable.

— Pour cela, je le crois, dit Carnegie ; et je ne saurais vous blâmer.

— Mais comment ne nous avez-vous pas avertis plus tôt ? s'écria Bernard avec colère.

— Parce que j'ai vu Jones, au moment où le bateau s'éloignait. Je présume qu'il s'était tenu caché jusqu'alors, dans la crainte d'être aperçu ; et puis cela ne me concernait pas. Chacun doit surveiller ses propres affaires », ajouta l'Anglais, avec un flegme irritant.

C'était vrai. Les deux compagnons n'eurent rien à répondre ; ils baissèrent le nez et dévorèrent furieusement leur dîner.

Aussitôt leur repas terminé, ils coururent faire leur décla-

ration à la police. On l'enregistra ; on leur promit d'agir
vigoureusement ; mais sans leur cacher qu'il serait bien difficile de retrouver le voleur, la foule des mineurs qui arrivaient chaque jour ressemblant à une invasion.

Ils rentrèrent découragés à Washington-Hôtel ; ils montèrent dans leur chambre, pour tenir conseil.

« Comment faire ? murmura Claude ; le bateau part demain
soir ; nous avons seulement la journée pour faire de nouveaux achats.... Et presque plus d'argent....

— Il n'y a qu'un parti à prendre : revenir en France,
s'écria Bernard.

— Revenir ? Jamais. J'aime mieux périr là, s'il le faut,
riposta Crosnier, avec énergie. Rentrer au Havre, sans un
liard, après m'être fait sottement voler l'argent que mon père
a mis des années à économiser ; je n'oserais pas me présenter
devant lui. Je resterai. Pars si tu veux....

— Mais que pourrions-nous faire ici ? A peine, en réunis-
sant nos ressources, aurions-nous la somme nécessaire pour
rentrer en France.

— Combien as-tu ?

— Deux mille francs.

— Moi, cinq cents. Nous avons trois cents francs de voyage,
d'ici à Dawson ; avec deux mille deux cents francs, nous pouvons acheter un bagage moins complet....

— Je crois bien ; l'autre nous avait coûté cinq mille.

— Nous ne resterons pas longtemps aux mines ; nous n'y
passerons pas l'hiver ; mais, ma foi, puisque nous sommes
jusqu'ici, il ne sera pas dit que nous serons revenus sur nos
pas sans avoir vu le Klondyke. Rebrousser chemin, quand on

est arrivé. Ne pas tenter la chance. Ce serait insensé !... Il faut rester ; nous reviendrons en septembre à Vancouver. Cela nous fera trois mois là-bas, c'est suffisant pour découvrir quelque chose. Si nous avons la chance d'avoir un bon claim et que nous nous décidions à rester plus longtemps, nous achèterons sur place ce qui nous sera utile, ce sera un peu plus cher, voilà tout !... Courons la dernière chance de succès qui nous reste, et ne rentrons pas chez nous, après une pareille campagne. »

Bernard, on l'a pu voir, avait un caractère faible ; il cédait aisément aux volontés plus énergiques que la sienne. D'ailleurs, en cette circonstance, il éprouvait les mêmes craintes, mêlées de remords et d'humiliation, qui encourageaient Claude à rester.

La pensée d'avouer à Manette, et surtout à Daniel Hasser, la perte stupide des huit mille francs emportés le glaçait d'épouvante. Quant à Clotilde, il savait bien qu'elle serait trop heureuse de le revoir, pour songer à lui reprocher quoi que ce fût. Mais quelles seraient les criailleries de Manette.... et combien de remontrances sévères lui vaudrait son équipée.

« Restons donc ! soupira-t-il.... mais si nous ne gagnons rien, comment nous rapatrier ?

— Nous gagnerons toujours quelque chose ! s'écria Crosnard. Quand je devrais me résigner à travailler en qualité de terrassier, à soixante-quinze francs par jour, j'aurais bientôt amassé ce qu'il nous faut pour retourner chez nous. »

Les deux compagnons, rendus amis par le malheur commun, se serrèrent la main, et se séparèrent pour aller dormir.

Mais si Claude, nature plus vigoureuse, put reposer, mal-

gré leur sentiment de détresse, Bernard passa une nuit blanche.... Éveillé par l'inquiétude et par l'indécision sur la
conduite qu'il devait tenir, il se demanda encore avec angoisse
ce qu'il convenait de faire.

Que lui eût, en ce cas, conseillé l'ami de son père ?... De
revenir assurément. De ne pas s'exposer à des risques d'autant plus graves que ses ressources étaient presque nulles.
et qu'il faudrait se contenter d'une installation trop sommaire pour habiter un pays où le climat est terrible....

Mais, la honte de revenir, après une si désastreuse aventure, sans avoir eu le courage de lutter jusqu'au bout, et le
scrupule aussi de ne pas abandonner Claude, tout seul,
presque sans argent, et ne connaissant même pas la langue
anglaise, l'emportèrent enfin sur le bon sens ; il se décida à
pousser l'aventure.

Le lendemain donc, après une journée passée à faire les
achats des objets les plus indispensables; ils se trouvèrent
ayant encore cinq cents francs à eux, et leurs tickets payés
jusqu'à Dawson.

Au moment de s'embarquer, ils virent Edward Carnegie,
qui prenait passage sur le même bateau, arriver avec sa
valise, comme s'il se fût agi, simplement, de faire la traversée de Douvres à Calais....

« Vous allez quand même à Dawson ? leur demanda-t-il
avec son ordinaire tranquillité.

— Oui! » dit sèchement Bernard, qui lui gardait rancune
de son attitude indifférente, et de ses récits décourageants.

Carnegie ne s'émut pas de cette attitude.

« Par ma foi, vous avez de l'audace ; vous partez sans

vivres, ni vêtements, pour passer l'hiver dans un pays où il gèle à cinquante degrés. C'est très beau ! »

Bernard s'éloigna de lui, sans lui répondre.

Il descendit dans l'entrepont où il avait dû prendre passage. Cet endroit dépassait en horreur tout ce qui a maintes fois été raconté des paquebots transportant en Amérique les milliers d'émigrants italiens, allemands ou irlandais.

L'espace en était encombré de couchettes si serrées qu'à peine restait-il un étroit couloir au milieu. Là-dedans grouillaient les hommes et les chiens; les bœufs, les rennes et les bagages encombraient l'arrière du pont, et, de cette fosse à mineurs, il s'éleva, au bout de peu de temps, une odeur si méphitique, qu'on eût pu tomber asphyxié en s'en approchant.

Comme aggravation, peu d'heures après le départ, la mer devint houleuse.... et beaucoup des passagers eurent le mal de mer.

Bernard et Claude écœurés, presque asphyxiés par l'odeur irrespirable de l'entrepont passèrent plusieurs heures sur le pont.

Il faisait un froid vif, et ils durent marcher de long en large presque toute la nuit, pour ne pas geler sur place. Le lendemain matin, ils avaient la mine blême et décomposée; et Bernard ne put s'empêcher de commenter en soi-même une parole que lui avait dite M. Hasser :

« Sachez-le, rien que pour arriver au Klondyke, il vous faudra déployer une énergie plus grande que pour vous créer, en France, une honorable situation....

Hélas ! Où était la riante petite maison posée au pied de la côte de Grâce, ouvrant ses fenêtres au soleil levant et à la

mer bleue ?... Et que dirait Clotilde, si elle pouvait penser
que son frère souffrait de pareilles privations !...

Edward Carnegie parut sur le pont, rasé de frais et ganté
de peau de chien.

Il salua Bernard, qui lui répondit sans s'approcher de lui,...
car il se sentait une sorte d'humiliation devant cet inconnu.

« La mer a été dure, cette nuit, dit l'Anglais, sans s'ar-
rêter à la froideur qu'on lui témoignait.... Je crois que l'entrepont n'a pas dû être agréable à habiter.... J'y suis descendu
tout à l'heure. C'était renversant.... J'en ai pris un instantané.... Mais je n'ai pu noter l'odeur qui règne en ce lieu
infernal.... Où avez-vous passé la nuit ?

— Sur le pont ! dit Bernard.

— Cela ne m'étonne pas.... J'eusse fait de même.... Malheureusement la traversée dure une douzaine de jours.... Vous
serez malade en arrivant. Mauvaise préparation, pour le travail du prospecteur.... »

Cette conversation était éminemment désagréable pour
Bernard. Claude s'était éloigné, car l'Anglais lui déplaisait.

« Vous pensez bien, monsieur, que je ressens assez les
inconvénients de ma situation, pour qu'il soit inutile de me
les faire apprécier, dit le jeune homme d'un ton ferme. J'ai
pris la résolution de venir en ce pays, connaissant fort bien
les dangers que j'allais courir. J'irai jusqu'au bout, et je
vous prie de ne pas vous attacher à me décourager, comme
vous semblez prendre à tâche de le faire depuis deux jours. »

Edward Carnegie ne répondit pas; il alluma un cigare, en
offrit un à Bernard, qui refusa; et se promena tranquillement sur le pont, en observant avec curiosité les groupes

Edward Carnegie braquait sa jumelle sur les groupes.

pittoresques que formaient bêtes et gens. Plusieurs fois Bernard le vit braquer ses jumelles photographiques sur les groupes.

Il amassait des notes intéressantes pour son retour en Angleterre. Il y avait quelque chose d'agaçant dans la tranquillité égoïste de cet homme observant en touriste amateur les mineurs qui encombraient le bateau, et prenant, en instantanés, leurs misères sur le fait. Et Bernard, mécontent, se détourna de lui et rejoignit Crosnier, qui liait conversation avec un Canadien....

L'heure du déjeuner arriva, et le repas fut aussi défectueux pour les passagers de l'entrepont, que l'était l'installation des lits. Écœuré, Bernard prit un morceau de pain et une tablette de chocolat, qu'il s'en alla manger sur le pont. Crosnier, moins délicat, mangea de bon appétit.

La mer continuait d'être mauvaise, et nombre de passagers étaient encore malades; de sorte que l'entrepont présentait à peu près le même spectacle que la veille. Et Bernard songeait, avec angoisse, à la nuit qui allait s'écouler; une excessive fatigue le saisissait; depuis son embarquement il n'avait pas quitté le pont, et il lui fallait, le plus souvent, marcher, pour n'avoir pas froid.

Le soir vint; la cloche sonna l'heure du dîner. Claude s'approcha de lui, et voulut l'encourager.

« Il faut venir dîner.... Tu ne peux pas vivre de chocolat.

— Je vais essayer; mais si c'est aussi détestable que tantôt, et si l'odeur est semblable, je ne réponds de rien.... C'est absolument infect!

— Songe, dit Claude, que nous avons encore onze jours

de traversée ; si tu ne manges ni ne dors, tu seras mourant
en arrivant....

— Mon cher, je fais comme je puis ! répliqua Bernard
avec humeur, car la privation de sommeil et de nourriture le
rendait irritable. Je ne puis surmonter certains dégoûts....
Mes nerfs se révoltent à la pensée de dormir dans l'atmo-
sphère infernale du dortoir d'entrepont !

— Tes nerfs ! dit Claude. Il ne faut pas avoir de nerfs,
quand on tente une pareille aventure. Je me résigne, moi.
Je vais certainement me coucher ce soir, et dîner tout à
l'heure.

— Tant mieux ! Je te félicite ! riposta Bernard, du même
ton coupant. Pour moi, j'aime mieux souffrir du froid et du
manque de sommeil que de la malpropreté.... »

Crosnier haussa les épaules avec colère.

« A ton aise. Il viendra bien un moment où la fatigue et
la faim te calmeront les nerfs ! dit-il. Moi, qui veux n'être
pas malade, je vais manger, quelle que soit la carte du
repas.... »

Au moment où ils allaient se séparer, Edward Carnegie
s'approcha d'eux. Et Bernard, qui, tout le jour, l'avait évité,
voulut s'éloigner ; mais l'Anglais ne lui en laissa pas le
temps ; il se découvrit, et lui dit, avec politesse :

« Voulez-vous, monsieur, me faire le plaisir de dîner ce
soir avec moi ? »

Bernard hésita.

« Mon Dieu, la table n'est pas exquise, vous avez dû vous
en apercevoir, continua Carnegie. Mais vous me ferez un
véritable plaisir en acceptant. Je suis presque seul avec le

capitaine et les officiers du bord. Je m'ennuie. Je serai charmé
d'avoir quelqu'un à qui parler. Acceptez mon invitation.

— Certainement ! dit Claude enchanté de cette circonstance imprévue ; ne t'occupe pas de moi, Dubuit, j'ai fait
connaissance de plusieurs Canadiens, qui sont des gens très
gais, connaissent les mines, et me racontent des merveilles
du Klondyke.... Accepte.... »

Bernard remercia l'Anglais, et le suivit vers la salle à
manger des premières.

Si le repas ne fut pas absolument délicieux, il fut pas-
sable ; et le jeune homme affamé par une journée entière d'ab-
stinence y fit honneur avec un appétit vigoureux. Edward
Carnegie l'observait du coin de l'œil, avec une satisfaction
dissimulée....

C'était, ce Carnegie, un excentrique personnage ; il lui
plaisait, en ce moment, de jouer le rôle de Providence vis-à-
vis de cet inconnu, dont la physionomie lui était sympathique ; il goûtait donc une véritable joie à l'avoir tiré de
l'entrepont....

Il se donnait, en même temps le plaisir de lui raconter les
plus décourageants détails sur les expéditions dans l'Alaska.
Les anecdotes terribles abondent ; et il n'était pas difficile de
prouver que, pour quelques mineurs ayant fait en peu de
temps des fortunes fabuleuses, beaucoup de malheureux
étaient morts de privations, ou bien, rembarqués à temps
pour le Canada, y étaient revenus plus pauvres qu'avant leur
départ, ayant, en cette funeste aventure, dépensé tout leur
avoir....

Après le repas, Carnegie et son compagnon montèrent sur

le pont. Bernard, ayant mangé, se sentait moins découragé ;
et les histoires de son compagnon glissaient sur lui, sans
le gêner....

Il faisait un froid vif ; les constellations scintillaient au
ciel avec un éclat glacé. Le clapotis de l'eau sur les flancs du
navire, la brise violente du Nord, les légers embruns qui,
par moments, inondaient le pont, en faisaient un endroit peu
agréable pour la causerie.

« Voulez-vous venir prendre le thé, dans ma chambre ? »
demanda Carnegie.

Bernard, amolli, accepta encore cette amabilité.

La chambre était une très étroite cabine à deux lits ; mais
il y faisait chaud ; Carnegie chercha dans sa valise un très
ingénieux appareil à faire le thé ; petite lampe à alcool,
bouilloire, boîtes contenant des thés différents en savants
mélanges. Au bout d'un instant, une délicieuse odeur emplit
la cabine ; et les deux compagnons dégustèrent une tasse de
thé brûlant, qui donna à Bernard une sensation de bien-être
exquis.

« Vous êtes bien installé, dit-il en regardant la cabine ;
nous avions retenu notre passage dans cette classe ; mais ce
scélérat de Jones, en nous dépouillant de tout, nous a con-
traints de faire la traversée dans les plus mauvaises conditions....

— Vous êtes jeune ! dit l'Anglais avec intérêt. Vous portez
le nom d'un savant célèbre.... Êtes-vous son parent ?

— Je suis le fils du docteur Dubuit ! répondit Bernard
avec une fierté très légitime.

— Ah !... Et comment se fait-il que vous soyez réduit à

cette extrémité de venir tenter une aventure pour laquelle un
jeune homme de bonne éducation n'est pas du tout armé...,
Ne pouviez-vous trouver, en France, une fortune à acquérir
en travaillant ?.... Votre père ?...

— Mon père est mort, dit Bernard. Et comme situation,
j'ai trouvé à remplir une place de secrétaire chez un archéologue, qui me donnait une somme dérisoire pour travailler
sept heures par jour....

— Mettez-moi au courant de ce qui vous concerne, dit
Carnegie. Je pourrai peut-être vous être utile.... Pour vous
donner l'exemple de la confiance, je vous apprends que je
suis le reporter d'un grand journal de Londres ; mon direc-
teur m'a envoyé dans l'Alaska, pour étudier, *de visu*, ce pays,
et décrire l'extraordinaire fièvre de l'or qui entraîne vers
les régions les plus inclémente du pôle tout un peuple d'aventuriers. Vous avez vu, je prends des instantanés et des notes
que j'enverrai à Londres aussitôt notre arrivée à Dawson....

— Moi, j'écrirai à ma sœur, reprit Bernard. Elle doit être
inquiète.

— Vous avez une sœur ? Jeune ? Vous l'avez laissée toute
seule en France ?

— Il le fallait bien. Ce n'est certes pas une excursion
d'agrément que je fais en ce moment. Vous en convien-
drez.... »

Bernard, touché par l'accueil cordial de son compagnon
de voyage, le mit au courant de son histoire ; le caractère
français est fait de confiance et d'élan de cœur ; après un
premier sentiment de mauvaise humeur, causé par l'état
d'infériorité humiliante où il se trouvait devant Carnegie, le

jeune homme, reconnaissant de l'intérêt qu'on lui témoignait, se laissait aller à l'ouverture de caractère, qui était sa qualité dominante....

« Il est tard ! » dit Carnegie, lorsqu'il l'eut écouté.

Bernard se leva vivement, et voulut s'éloigner ; avec un frisson de dégoût, il pensa au dortoir de l'entrepont, où il lui fallait passer la nuit, et qu'il avait oublié depuis un moment.

Comme il posait la main sur la serrure, Carnegie l'arrêta :

« J'ai pris pour moi seul une cabine à deux lits, parce que j'eusse redouté beaucoup certains compagnons de voyage. Voulez-vous accepter l'un de ces lits. Vous ne serez pas mollement couché ; mais, du moins, vous n'aurez pas la compagnie des brutes de l'entrepont.... »

Bernard, plus reconnaissant de ceci que de l'invitation à dîner, saisit la main de l'Anglais, qui se laissa faire flegmatiquement, et reçut avec beaucoup d'indifférence apparente les remerciements de son obligé....

« Mais que va dire Claude !... s'écria tout à coup Bernard.... Je ne puis guère l'abandonner tout seul....

— Eh bien ! Allez vous entendre avec lui, et apportez ici votre valise. Mais hâtez-vous. Je dors debout, ne me faites pas attendre.... »

Claude, heureux de ce qui arrivait, engagea vivement Bernard à accepter :

— Ne t'occupe pas de moi. Je vais dormir très bien. J'ai trouvé un coin presque propre, tout au bout de l'entrepont, à l'arrière ; je suis plus habitué que toi à la dure ; et tu me faisais de la peine tantôt avec ta mine défaite et tes yeux fiévreux. Tu me faisais peur, je t'assure ! Je te voyais déjà arrivant malade à Dawson.... Voilà qui ne serait pas gai, par exemple.... »

Bernard prit sa valise, et retourna à la cabine ; Carnegie était couché et dormait déjà. Le jeune homme se déshabilla sans bruit, et se mit au lit ; cinq minutes après il dormait d'un sommeil de plomb. Il ne se réveilla que le lendemain assez tard dans la matinée. Carnegie déjà prêt était sorti sur le pont. Bernard l'y rencontra tout d'abord.

« Vous avez bien dormi ? demanda-t-il à son nouvel ami.

— Parfaitement ! grâce à vous.

— Eh bien, mon cher, il ne tient qu'à vous de partager ma cabine, jusqu'à notre arrivée à Dawson. Si vous voulez aussi me faire le plaisir de manger à ma table, j'en serai heureux.

— Pour la cabine, j'accepte, dit Bernard. Mais pour le repas non, je le prendrai avec Claude.

— Oh ! ne faites pas de délicatesse, repartit Carnegie. Mon journal m'a alloué une très belle somme pour les frais de voyage. Et ceci c'est une petite dépense. »

Bernard tint ferme sa résolution. Il pouvait bien prendre un lit dans une cabine qui ne coûtait pas plus cher, soit qu'elle fût occupée par une personne ou par deux ; mais accepter des invitations à dîner, chaque jour, aux dépens d'un étranger... non. Il eût préféré vivre de chocolat, comme il avait fait la veille.

D'ailleurs ne fallait-il pas qu'il s'habituât à la plus détestable cuisine ? Au Klondyke, on ne vit que de lard plus ou moins rance, et de conserves plus ou moins avariées. C'était l'un des inconvénients prévus....

Il le savait, avant de quitter la France ; Daniel Hasser l'avait averti ; lui-même avait lu des relations de voyage en ce pays, qui ne lui laissaient aucun doute sur les dangers et les ennuis de l'aventure qu'il allait entreprendre. Malgré tout, il avait voulu agir. Il devait, à présent, s'armer de courage et il résolut de le faire.

Claude et Bernard rencontraient une masse de gens.

XIV

Dawson, jusqu'à ces derniers temps, fut une ville composée de quelques baraques de bois mal construites, et d'une
grande quantité de tentes.

Jusqu'à ces derniers temps, disons-nous. Il y a peu de
mois, en effet, au cours d'une querelle, une femme lança
une lampe allumée à la tête de son adversaire, mit le feu à
maison où se passait la scène, et comme tout ce campement
de bois et de toile était éminemment inflammable, la ville
fut réduite en cendres, en peu d'heures.

Les optimistes s'en félicitèrent. Ne valait-il pas mieux re-
construire une cité digne des millions qui affluaient là, sous
forme de poudre d'or?

Bernard et Crosnier se logèrent à l'hôtel Canadien, vaste

baraque de bois. fort peu confortable, et où la vie était très
chère, pourtant.

La cité de l'or offrait un curieux spectacle, pour un jeune
homme qui, n'ayant jamais quitté la France, ayant vécu toujours d'une existence paisible, bourgeoise et familiale, ne
pouvait se faire aucune idée de ce que sont ces monstrueuses
villes, poussées en quelques mois, comme des champignons
en un jour d'orage, et où les plus misérables choses se ren-
contrent à côté des magasins d'objets les plus luxueux.

A Dawson, comme dans toutes les agglomérations importantes, nées subitement après la découverte de l'or, on trouvait toutes les possibilités désirables pour dépenser beaucoup :
bars, music-halls, hôtels de luxe. Les gens qui revenaient des
mines, après avoir trouvé « une bonne chance », pouvaient
laisser là une partie de leurs pépites, rapportées au prix de
tant de peines.

Les mineurs revenus du Klondyke n'usaient pas de mon-
naie, ils donnaient, en paiement, un peu de poudre d'or
qu'ils portaient dans un petit sac. Crosnier en rencontra plusieurs ; et la vue de cet or brut l'électrisa ; il ne voulut voir que
les chercheurs heureux, et non pas la foule, beaucoup plus
grande, de ceux qui, demeurés à Dawson sans argent, étaient
réduits à faire les plus bas métiers pour exister.

Ceux-ci, Carnegie les fit remarquer à Bernard.

L'Anglais n'était pas logé au même endroit que les deux
Français, l'hôtel Canadien étant une maison de troisième
ordre ; mais bien que Dawson soit une ville populeuse, elle
n'est cependant pas très étendue ; et Carnegie n'avait pas
manqué de rencontrer Bernard. Deux jours après leur

arrivée, il l'aperçut, arrêté devant une affiche collée sur un mur de planches :

« Que lisez-vous là ? »

Bernard lui serra la main ; bien qu'il s'attendît encore à des discours décourageants, il éprouvait un certain plaisir à revoir l'homme qui lui avait épargné, autant que possible, les plus gros ennuis de la traversée. Et, bien qu'il ne comprît pas encore, après douze jours d'intimité forcée, les contradictions du caractère de Carnegie, il commençait à l'aimer.

« Vous voyez, dit-il, j'étudie cette affiche. »

Edward Carnegie la parcourut du regard.

Un mois auparavant, un mineur avait découvert, en prospectant au hasard, des gisements très riches, dans un endroit ou personne encore n'avait rien cherché, sur le Hunker, affluent du Klondyke qui se jette dans cette rivière à trente kilomètres de Dawson.

Aussitôt une nuée d'aventuriers s'était répandue dans toute cette contrée, mesurant des claims et en prenant possession. avec une furie si extraordinaire, que, deux jours plus tard, chaque claim avait au moins deux propriétaires, qui se le disputaient avec acharnement.

Le commissaire du gouvernement canadien intervint alors ; des juges se réunirent ; et l'on déclara nulles toutes les prises de possession faites jusqu'à présent, en fixant le 30 mai pour la date à partir de laquelle les déclarations seraient valables.

« Le 30 mai ! C'est demain, dit Bernard. Crosnier m'a parlé de cela. Une foule de gens attendent devant l'hôtel du gouvernement l'heure de partir pour le Hunker. C'est un spectacle curieux. Aussitôt que la permission sera donnée,

11

toute cette masse s'ébranlera et ceux qui arriveront les premiers pourront choisir un bon claim. Quant aux traînards,
tant pis pour eux.

— Que ferez-vous?

— Claude a dû se procurer deux chevaux. Nous partirons
à bonne allure. En somme, huit à dix lieues sont vite fran-
chies et sans trop de fatigue.

— Je partirais aujourd'hui même, moi.

— Ce serait inutile, puisque c'est demain seulement qu'il
est permis de le faire.

— Bah! votre naïveté est grande, si vous supposez qu'il
n'y aura pas des gens plus adroits que les autres, qui s'arran-
geront de façon à être sur les rives du Hunker avant même
que vous ayez quitté Dawson.

— Mais ce ne sera pas légal.

— Avocat que vous êtes! La légalité ne peut pas être si
exactement observée ici qu'en Europe, où elle reçoit souvent
quelques accrocs, pourtant.

— Enfin, vous voyez qu'on a forcé les gens qui s'étaient
emparés des terrains à les rendre. »

Carnegie secoua les épaules:

« Vous n'essayez pas plutôt d'acheter un claim?

— Impossible, il y a ici une compagnie, ainsi que sur les
plages normandes des agences pour la location des villas. On
demande cinquante mille francs de la moindre parcelle de
terrain.

— Oui! Cela ne m'étonne pas. Je vous le disais. Il y a
beaucoup de difficultés à vaincre.

— C'est pour cela que nous essayerons de partir demain

pour le Hunker, avec les autres. Nous en aurions un pour
rien. Il suffit, vous le savez, de délimiter un espace de terrain, d'y planter un poteau avec son nom ; et de revenir faire
une déclaration légale au gouvernement.

— Oui, oui!... cela suffit! Nous verrons si vous réussirez.
Ce sera une belle chose de voir demain cette course effrénée.
Je vais me procurer un cheval, pour jouir de ce curieux spec-
tacle. »

A ce moment, Claude survint; il décrivit l'animation
extraordinaire qui régnait devant l'hôtel du gouvernement où
l'on attendait l'heure du départ.

Une foule de trois mille hommes se tenait là, en perma-
nence, dans une agitation excessive. Toutes les bêtes de
somme, chevaux, ânes ou mulets étaient accaparés. Une sorte
de bourse se créait.

On voyait des gens qui mettaient en vente un claim qu'ils
n'avaient pas; d'autres qui s'offraient pour accomplir le
voyage avec une extrême rapidité, moyennant une somme
fixée d'avance, en prenant l'engagement de s'emparer d'un
claim au nom de celui qui les paierait pour cela.

« Je n'en suis pas étonné, dit Carnegie. Ici, nombre de
gens sont propriétaires de claims qu'ils n'ont jamais vus que
pour en prendre possession. Ils paient même des hommes,
pour y faire quelques travaux de mine et y séjourner trois
mois dans l'année : car vous savez que ces conditions sont
absolument exigées par la loi. »

Tous trois se dirigèrent vers l'hôtel du gouvernement. Et
bien que Bernard fût déjà aguerri contre l'écœurement que
lui causaient les faces brutales des chercheurs d'or, il eut un

moment de découragement, devant le spectacle d'animation furieuse qu'il avait sous les yeux.

Trois mille mineurs, chargés de paquets d'outils, accompagnés de chiens, de chevaux, de mulets, parlaient, gesticulaient, criaient. C'était repoussant, ces hommes, presque tous de la plus basse classe, surexcités par un même espoir, âpres à la lutte, et prêts à discuter à coups de poings leurs intérêts.

Les Spartiates autrefois enivraient des esclaves, afin que ce répugnant exemple servît de leçon aux jeunes gens. Cette tourbe, sous les yeux de Bernard, lui montrait la laideur de cette hideuse fièvre de l'or, dont il avait eu une faible atteinte.

Il rougit de honte en contemplant ces brutes.

Carnegie le contemplait avec satisfaction. Claude, moins accessible que Bernard à de telles sensations, ne put s'empêcher de murmurer :

« Ils sont répugnants, ces drôles-là. Ne dirait-on pas toute la gueuserie d'Amérique, qui s'est abattue ici? Voyez ces faces barbues, malpropres et brutales, ces vêtements, ces guenilles, ces physionomies féroces.

— Ce sont des chercheurs d'or... et nous aussi !... dit amèrement Bernard.

— Tu ne vas pas nous comparer à ce ramassis de brutes? s'écria Claude en se révoltant contre ce rapprochement.

— Quelle différence vois-tu entre eux et nous? reprit Bernard. Nous sommes proprement vêtus, et eux sont en guenilles, voilà tout. Mais le même but nous a amenés ici. Et eux avaient cette excuse, sans doute, que la misère où ils vivaient était pire que la mort : tandis que toi et moi, nous avions une situation modeste en France, et nous n'avons pas voulu nous en contenter.

— Quel frère prêcheur tu fais ! s'écria Claude, avec humeur.

— J'approuve ce que vous venez de dire, dit Carnegie gravement. Sachez ceci : une fortune acquise sans travail, en quelques semaines, est une chose immorale ; et ceci encore : chaque dollar extrait du sol a coûté plus que sa valeur.

— Voilà qui est fort ! s'écria Crosnier.

— Oh ! La preuve a été faite de ce que j'avance ! Comptez les millions de dollars engloutis par la masse des immigrants, en frais de voyage et d'approvisionnements, les millions dépensés par les compagnies de chemins de fer et de navigation pour amener les mineurs sur les lieux où l'on trouve l'or, vous reconnaîtrez la vérité de cette assertion. Quelques-uns seulement s'enrichissent, tandis que la plus grande partie se ruine absolument. Je vous le répète, c'est immoral. »

Bernard baissait la tête.

Il était faible de caractère, et c'est ce qui expliquait que Claude eût pu l'entraîner dans cette effroyable aventure ; mais il avait des sentiments élevés de droiture et de dignité. Il se demanda ce qu'eût pensé son père, en le voyant mué en chercheur d'or.

Le docteur Dubuit avait sacrifié sa fortune et sa vie pour un but très haut, celui de soulager l'humanité. Il n'avait jamais eu aucune pensée de lucre. Son fils, découragé dès l'abord, dégoûté d'une tâche à peine entreprise, se déclassait de cette façon ; pour ne pas souffrir d'une situation médiocre, pour jouir tout de suite de la vie, il s'assimilait à ces hordes misérables, dont les grandes villes sont infestées, et qui se déversent vers les mines d'or, dans quelque partie du monde qu'elles soient signalées.

« Je vois que vous pensez comme moi!... ajouta Carnegie. Vous regrettez peut-être d'être venu ici?

— Oui, dit franchement Bernard, je n'avais pas vu les choses sous l'angle où je les vois à présent. Mais sois tranquille, Claude, je ne te laisserai pas seul. Nous sommes venus ensemble; nous rentrerons ensemble. »

Crosnier, de fort méchante humeur, et un peu touché, au fond, des mêmes raisons qui rebutaient son ami, ne répondit pas.

« Je vous engage, reprit Carnegie, à ne pas attendre à demain, pour partir. Il est certain que nombre de gens sont déjà sur le Hunker et vont prendre les claims.

— C'est mon avis! dit Claude. Si tu m'en crois, Bernard, nous allons faire un solide repas, nous mettre en selle, et partir tout à l'heure. Nos chevaux ne sont pas bons; nous voyagerons une partie de la nuit, et ne serons que demain matin sur le Hunker. »

Les deux compagnons prirent congé de Carnegie, qui leur dit :

« Nous nous verrons demain. J'irai là-bas, moi aussi et je vous trouverai sans doute. Je vous souhaite une bonne chance.

— Et moi, gronda Claude, lorsqu'ils se furent éloignés de quelques pas, je souhaite surtout de ne plus le rencontrer. Quel corbeau de mauvais présage! Dix fois déjà, il t'a décou-

ragé. A quoi servent ces discours? Nous sommes ici maintenant. Il n'est plus temps de vaticiner, et de se demander si
le métier de chercheur d'or est moral ou non. Je hais ces
philosophes qui, ne manquant de rien, ayant toutes choses à

Bernard et Claude enfourchèrent leurs montures.

souhait, blâment les autres de ne pas se résigner à la misère,
et leur font des sermons, lorsqu'ils les voient essayer de
sortir de l'ornière. »

Bernard ne répondit pas.

On revint à l'hôtel Canadien; Bernard paya la dépense;

tous deux enfourchèrent leurs montures et se mirent en chemin.

« Il est de toute nécessité que nous réussissions, dit Bernard. Il me reste quatre cents francs. Nous ne vivrions pas longtemps ici, avec cette somme. Et je ne sais comment nous pourrons nous rapatrier, quand nous l'aurons dépensée.

— Oh! ne sois pas en peine! riposta Claude. Nous allons je l'espère bien, trouver un bon claim. Un Canadien de Québec, dont j'ai fait connaissance sur le bateau, et que j'ai retrouvé ici, m'a dit que les placers où nous allons sont d'une richesse excessive. Nous partons à l'avance. Ce sera bien une malechance, si nous ne trouvons pas une bonne affaire. Une fois au travail, nous n'avons rien à dépenser. Nous camperons sous notre tente, et nous mangerons nos vivres. C'est la véritable vie des mineurs qui va commencer. Jusqu'ici nous n'avons eu que de la fatigue et des ennuis; maintenant les émotions de la découverte de l'or vont nous récompenser. Te figures-tu notre joie, lorsque nous aurons lavé notre première pépite, et que nous la tiendrons dans notre main? Si petite qu'elle soit, je veux la conserver comme un fétiche, et la faire monter en épingle pour ma mère. »

Bernard hocha la tête pensivement, et ne répondit pas un mot. Il regrettait amèrement la folie qu'il avait faite, et eût donné de bon cœur toutes ses espérances de fortune rapide, pour se voir, de nouveau, dans le cabinet de travail de M. Hautecœur, écrivant d'ennuyeuses et interminables lettres, sous la dictée de l'archéologne.

A mesure qu'ils approchaient du but de leur voyage, Bernard et Claude rencontraient une telle masse de gens, qui ayant eu la même idée qu'eux se hâtaient d'aller jalonner des claims, qu'ils commencèrent à craindre d'arriver encore trop tard.

Les routes regorgeaient d'hommes à cheval, ou bien forçant leur marche à pied, fatigués, mais allant quand même avec une effroyable énergie. Les deux jeunes gens poussèrent leurs chevaux le plus vite possible; mais ces deux bêtes de louage n'avançaient guère plus vite que la masse des piétons; et Claude, pris d'une fièvre de lutte, s'épuisait en coups de houssine, qui n'activaient guère l'allure de son cheval, habitué aux hostilités.

« Quelle foule! murmura Bernard. Je crois, en vérité, qu'il y a sur la route plus de mineurs que sur la place du Gouvernement. Et plus nous avançons, plus il y en a!...

— Une chose m'ennuie, dit Claude. C'est que je vois les piétons disparaître dans ce petit bois de sapins et de peupliers. Y aurait-il par là un raccourci?... Dans ce cas, nous serions perdus, car nos chevaux sont empaillés; ils n'avancent pas,... ils piétinent sur place.

— Quelle impatience! reprit Bernard. Tu sembles furieux.

— Et je le suis! s'écria Claude. Je ne comprends rien à ta tranquillité. Comment, c'est ici la seule chance que nous avons de posséder un bon claim, qui ne nous coûtera rien, et tu ne t'émeus pas!

— Je ne vois pas à quoi sert de se mettre en fureur. »

Claude allongea un coup violent à son cheval. Bernard, irrité, dit :

« Ces brutalités ne nous feront pas avancer plus vite.

— Tu m'ennuies avec tes délicatesses! riposta Claude

fâché. Hier, tu prêchais la morale, aujourd'hui tu prétends me corriger de mes défauts. Tu n'es pas un chercheur d'or, mais un missionnaire ! »

Déjà plusieurs fois, depuis quelques jours, de petites altercations de ce genre avaient eu lieu entre Claude et Bernard.

Ce dernier, d'une tout autre éducation que son compagnon, en avait gardé un léger sentiment d'amertume et d'humiliation. Claude, lui, facile à la colère et prompt à l'apaisement, n'y pensait plus quelques minutes après; mais le fils du docteur commençait à se demander avec crainte, s'il lui serait possible, en admettant qu'ils trouvassent un claim, de vivre durant des mois, en tête à tête avec Crosnier.

Ce dernier avait une volonté militante et il fallait toujours lui céder; comme son instruction était tout à fait inférieure, c'était un état de choses déplorable. Il était inadmissible que la matière menât l'intelligence; que, par cette raison qu'il était robuste et avait de larges mains habituées aux travaux pénibles, il prétendît diriger son associé, infiniment supérieur à lui.

Ils cheminèrent un moment en silence; les chevaux soufflaient et trébuchaient souvent; et, pour leur donner du courage, Crosnier leur criait des injures, et finissait par ressembler absolument aux brutes que l'on rencontrait, faisant la course vers le Hunker.

Tout à coup il s'écria :

« Ah! voici Benjamin.

— Qu'est-ce que Benjamin? demanda Bernard.

— C'est un camarade dont j'ai fait la connaissance sur le

bateau, pendant que tu étais en première classe avec l'Anglais. Un Canadien de Québec, un garçon qui n'a pas froid aux yeux. Un compagnon comme j'en voudrais un, au lieu d'une poule mouillée, qui regarde les autres aller à la fortune, et qui fait des sermons pendant ce temps-là. »

Benjamin leur indiqua le chemin le plus court.

Bernard pâlit; il regarda Claude en face, avec une figure menaçante, et dit :

« Écoute-moi, Crosnier; je ne souffrirai pas que tu prennes avec moi un ton semblable. Je ne suis d'humeur à subir les insolences de personne. Si tu en as assez de ma compagnie, je

suis tout prêt à me rembarquer pour la France. Je te laisserai
avec plaisir tout l'approvisionnement que nous avons
acheté.

— Là! ne te fàche pas! dit Claude un peu honteux. Tu
ne peux pas m'abandonner à présent. Ce ne serait pas loyal....
Que ferais-je tout seul ? »

Ils approchaient du Canadien.

« Eh! Benjamin! cria Crosnier. Tu vas sur le Hunker. Et
tu n'as pas pris de cheval. Tu arriveras le dernier.

— J'arriverai avant toi! riposta Benjamin. Il y a un raccourci; tu vois que beaucoup de piétons quittent la route un
peu plus bas; et j'en connais un, moi, un peu dangereux
mais beaucoup plus court. Il y a des rapides à traverser....
Sais-tu nager?

— Comme un poisson! dit Claude.

— Alors, laisse là ton cheval et viens avec moi! Nous ne
serons pas nombreux par la route que je vais t'indiquer. »

Claude sauta à terre immédiatement :

« Viens-tu avec nous? dit-il à Bernard.

— Non; je continue ma route à cheval.

— Au revoir! » riposta brutalement Crosnier, s'éloignant
à travers le bois en compagnie de Benjamin.

Bernard rencontra des gens qui marchaient dans un sens opposé.

XV

Pendant les deux heures que dura encore son voyage, Bernard eut le loisir de songer aux inconvénients d'une association d'intérêts avec un homme inférieur d'éducation à ce qu'on est soi-même.

Puis, son attention fut attirée par le spectacle curieux de la foule en marche qui l'entourait. Il se surprit à étudier des types, à examiner des groupes de gens, avec l'impartiale curiosité d'Edward Carnegie lui-même. Enfin le paysage l'intéressa.

Désolé, ce pays : de maigres pins, de frêles peupliers étaient les seuls arbres que l'on rencontrât ; ils avaient leurs feuilles, car on était dans la bonne saison. A cette heure de la nuit, — quatre heures du matin, — il faisait bon, et le voyage était agréable ; mais la veille le thermomètre avait marqué

24 degrés à l'ombre. Et tout en cheminant, le voyageur reconnaissait la vérité de ce que lui avait dit Carnegie : des mousses hautes de trois pieds, spongieuses et servant de réceptacle à des millions de moustiques et de maringouins, couvraient des espaces immenses.

Il aperçut enfin les bords du Hunker, large affluent du Klondyke. Il rencontra, pour la première fois, des gens qui marchaient dans un sens opposé, et semblaient se diriger vers Dawson....

Ceci le surprit. L'un de ces hommes lui dit, avec un gros rire satisfait :

« Inutile d'aller plus loin, gentleman, il n'y a plus rien à prendre....

— Plus rien à prendre! répéta-t-il stupéfait. Mais la permission ne sera donnée que ce matin seulement.

— Ah! la permission!... Belle affaire! Ce qu'on s'en passe!... Vous allez voir!... » cria le mineur en continuant son chemin.

Et, lorsqu'il fut arrivé, Bernard apprit que depuis deux jours des hommes, plus déliés que les autres, avaient campé sur le terrain, et dès la première heure de ce jour du trente mai, s'étaient adjugé les claims qui leur convenaient. Ils allaient maintenant faire à Dawson leur déclaration légale.

Rien ne saurait peindre la fureur de Claude, lorsqu'il apprit ce résultat. Bernard le rencontra par hasard, dans la masse d'hommes vociférant, qui encombrait les bords du fleuve.

Des batailles avaient eu lieu; les derniers venus avaient essayé d'expulser les premiers possesseurs; des coups de revolver furent échangés. De plus en plus rebuté, Bernard s'applaudit presque d'être arrivé trop tard. Ce déchaînement de passions autour de l'or lui inspirait un écœurement excessif.

Toute la journée des mineurs arrivèrent : ceux qui, de bonne foi, étaient demeurés à Dawson jusqu'à l'heure fixée par le juge commissaire.

Des scènes de violence et de désespoir eurent lieu. Bernard, qui avait retrouvé Carnegie, attendait simplement que les chevaux fussent reposés pour prendre le chemin de la ville. Claude l'avait quitté, accompagné du Canadien; ils étaient parmi les plus acharnés et les plus furieux.

« Qu'allez-vous faire? demanda Carnegie à Bernard.

— Avant de prendre une décision, je dois me consulter avec Crosnier, dit le jeune homme. Le peu d'argent qui nous reste m'appartient. Je ne puis le laisser ici, manquant de tout. Et je doute qu'il veuille revenir. D'ailleurs, nous n'aurions pas la somme suffisante, pour nous rapatrier....

— Vous pouvez écrire à votre sœur. Elle vous enverra de l'argent.

— Non, dit Bernard d'un ton énergique. J'ai, en cette désastreuse affaire, perdu huit mille francs. C'est suffisant. Je m'arrangerai seul. Je chercherai un emploi à Dawson ou à Vancouver. Et comme les appointements sont très élevés, j'aurai promptement la somme suffisante pour gagner la France. »

Crosnier, à ce moment reparut, accompagné de son éternel Benjamin.

Il paraissait surexcité.

« Vite! s'écria-t-il. Viens avec nous. On va vendre des claims.

— Vendre des claims!...

— Oui! Beaucoup de gens ont fait le voyage de Dawson jusqu'ici par spéculation pure, dans l'intention de revendre aussitôt le terrain qu'ils se seraient procuré.

—· Tu sais bien que nous n'avons pas d'argent. Il me reste, en tout, quatre cents francs.

— Eh! regarde autour de nous les gens que voici! riposta Claude. Crois-tu qu'il y en ait de plus riches! On parle de cent francs! et même de beaucoup moins.

— Alors ce seront des claims où il n'y a rien.

—· Qui le sait! On connaît la valeur du terrain seulement lorsqu'on y a travaillé. »

Bernard, à regret, se laissa emmener par Crosnier; Carnegie les suivit, malgré le mauvais vouloir évident de Claude.

C'était un spectacle curieux que celui qui les attendait. Une sorte de Bourse s'était organisée en plein air : et la chaleur était excessive, sous le soleil ardent qui frappait d'aplomb; une odeur forte et nauséabonde s'échappait de la foule qui se massait là. Un crieur, monté sur une caisse et entouré de gens qui voulaient vendre leurs claims, hurlait des chiffres. Sur un poteau une sorte de pancarte était clouée, un papier où était grossièrement dessiné le plan de la contrée; des lignes rouges marquaient avec plus ou moins d'exactitude les lots à vendre.

Au moment où nos voyageurs arrivaient, on en adjugeait un à trois cents francs....

Cette somme était minime, en effet.

Le crieur hurlait des chiffres.

« Tu vois! dit Claude. Et c'est l'un des mieux situés!...
tout au bord du fleuve.... »

Bernard ne répondit pas; d'autres lots furent vendus; et
Crosnier trépignait d'impatience, en voyant l'indifférence de
son compagnon. Un claim très éloigné de la rivière fut mis
en vente à cent francs.

« Celui-ci sera peut-être excellent! dit Benjamin. Les lots
situés dans la montagne sont les plus riches en or!... »

Personne, pourtant, ne se hâtait de mettre une enchère....
Un Canadien, à figure rébarbative, finit par proposer cent
cinquante francs.

« Tu sais qu'il n'y en a plus que trois, après celui-ci,
dit Crosnier, haletant d'angoisse. Il faut se décider.

— T'engages-tu à l'exploiter seul, si je l'achète?

— Oui!... Je m'arrangerai toujours! Mais dépêche-toi, on
va l'adjuger. »

Bernard offrit deux cents francs, et l'emporta.

Des papiers furent échangés entre vendeur et acheteurs;
on se rendit sur le lieu où était situé le claim, dûment me-
suré et enclos d'une corde; sur le poteau indiquant le propriétaire, une pancarte fut mise, avec le nom de Bernard.

« Dînons sur nos terres! » s'écria Crosnier, qui exultait de
joie.

Ils avaient, comme tous les autres, apporté des provisions
de bouche, car l'endroit était encore trop désert pour que
l'on pût songer à y trouver les choses les plus indispensables.

Cependant plusieurs tentes en toile s'étaient élevées, où
d'ingénieux commerçants vendaient des liqueurs fortes.

« Voulez-vous nous faire le plaisir de dîner avec nous?

demanda Bernard à Carnegie. Le menu ne sera pas excessivement bon : viande séchée, bouillon en tablettes, que nous
allons faire cuire dans notre marmite de mineurs.... Mais,
du moins, vous qui cherchez les sensations inédites, vous
aurez eu celle d'un repas de chercheurs d'or, fait sur un sol
qui contient peut-être des millions. »

Carnegie accepta ; le dîner fut gai. Crosnier, tout à la joie
exubérante de posséder un claim, et se voyant déjà millionnaire, riait, buvait, faisait des projets d'avenir ; quant à Bernard, il était beaucoup moins bruyant, mais il semblait heureux, comme un homme qui a pris un parti décisif ; et
Carnegie le crut bercé par les mêmes rêves dont se grisait
Claude.

A la fin du repas, on but une tasse de thé, et comme s'il
allait porter un toast, Bernard leva la main et prit la parole :

« Je souhaite une bonne chance, dit-il, à ceux qui exploi-
teront ce claim....

— Comment!... à ceux?... s'écria Claude.

— C'est-à-dire, à toi et au compagnon que tu pourras
t'adjoindre!... Écoutez-moi tous! Je me suis laissé entraîner
à cette aventure, par toi, Crosnier ; tu m'as rencontré en un
moment de découragement ; tu en as profité et ne m'as pas
laissé le temps de réfléchir à ce que j'allais entreprendre.
J'ai, en voyant les hommes et les choses, compris que je ne
suis pas fait pour être chercheur d'or ; mais je n'aurais pas
voulu te laisser seul et sans argent dans ce pays. J'ai donc
partagé avec toi tout ce que j'avais. Je viens d'acheter, pour
deux cents francs, ce claim que tu désirais avoir ; il me reste
exactement la même somme ; je suis tout prêt à te laisser la

totalité des vêtements, des outils et des provisions que nous
avons acquis avec mon argent, à Vancouver. Je veux éviter
que tu puisses te plaindre de moi.

— Bernard ! s'écria Claude, plus ému que l'on n'eût pu le
croire d'une nature aussi fruste.... Tu m'en veux pour les
petites querelles que nous avons eues. En vérité, tu dois
me les pardonner ; je ne suis pas un gentleman, comme ils
disent en ce pays-ci. J'ai peut-être été brutal ; mais je ne
croyais pas te blesser au point que tu m'abandonnerais tout
seul sur la mine.

— Je ne t'abandonne pas ! répliqua vivement Bernard. Tu
trouveras aisément un compagnon.... Benjamin, par exemple,
qui n'a pas d'argent, pour s'acheter un claim !...

— Oui, je ne demande pas mieux ! dit le Canadien. J'ai
l'habitude de ce genre de travail ; et tu verras, Crosnier, je
te serai utile.

— Tu ne m'as pas blessé, en me querellant, continua
Bernard ; j'ai seulement constaté que nous différons de manière de voir ; et surtout, j'ai pris en dégoût cette chasse à
l'or, parmi cette foule de misérables êtres, qui se résignent
à toutes les misères, dans l'espoir souvent déçu de se voir
riches en quelques jours. Je ne veux pas qu'il y ait rien de
commun entre eux et moi.

— Bien ! dit Crosnier, froissé. Que comptes-tu faire ?

— Revenir à Vancouver, avec les deux cents francs qui
me restent ; et là, je chercherai quelque emploi qui me per-
mette de gagner la somme nécessaire à mon retour en
France. »

Carnegie avait écouté tout cela avec une réelle émotion,

qui, d'ailleurs ne se manifestait que par un léger froncement de sourcils.

« Je vous approuve, dit-il en allongeant la main vers Bernard, qui la serra. Vous faites bien. Je connais quelqu'un à Vancouver; j'ai du moins des lettres de recommandation pour l'un des principaux commerçants de la ville.... Je vous aiderai....

— Merci! dit Bernard. J'étais sûr que vous m'approuveriez. »

Dubuit n'en était plus à ses fiers dédains, à propos du commerce. Ce brusque et court contact avec la vie avait abattu sa vanité de très jeune homme. Il n y avait du reste aucun espoir d'embrasser la moindre carrière libérale à Vancouver, sauf la médecine, qui ne s'improvise pas. Mais les quelques études de droit qu'il avait faites lui étaient, en cette circonstance, infiniment moins utiles que n'eussent été les plus simples notions de tenue des livres....

« Tout en vous approuvant, je dois faire quelques réserves sur certaines choses que vous avez dites, reprit Carnegie. Les affaires sont les affaires, et il ne faut pas les traiter avec de la sensiblerie. Vous avez fort bien exposé la situation; et M. Crosnier n'a pas contredit une seule de vos paroles, d'où il résulte qu'après avoir été entraîné par lui en ce voyage, vous avez fait seul les frais de votre installation actuelle. Seul, vous avez acheté les vêtements, vivres et outils; ils sont donc à vous; comme ce claim que vous venez d'acquérir. Je ne vois pas pourquoi vous vous dépouilleriez pour votre camarade. Lui-même ne doit pas l'admettre.

— Sans doute! dit Claude embarrassé. Mais comment

terons-nous? Je veux bien reconnaître que je dois à Bernard
quinze cents francs pour mes provisions, et deux cents pour
ce claim....

— Oh! pas du tout! Ce serait trop facile, vraiment! Songez que le claim, qui contient peut-être des millions, vous le
disiez il y a un instant, appartient en toute propriété à Dubuit.
Il peut, sans s'en inquiéter aucunement, retourner à Vancouver, y gagner quelque argent, et, pour une somme de trois
ou quatre mille francs, y envoyer un mineur qui l'exploitera
pour lui pendant trois mois.... »

Crosnier fit la moue. Il éprouvait le plus vif désir de faire
sentir le poids de son poing à cet étranger, qui se mêlait si
officieusement des affaires des autres.

Il n'était pas un homme déloyal, ni rapace, mais le milieu
où il se trouvait avait développé en lui l'amour du lucre.
Cela se gagne ces maladies morales, aussi bien que les conta-
gions physiques : typhus ou choléra. Ce qui avait guéri Bernard, parce qu'il avait reçu une éducation raffinée, avait au
contraire développé le mal chez Crosnier.

Avoir subi tant d'ennuis, de fatigues et de privations, pour
échouer au port, lui semblait abominable. Il dit brusquement :

« Quoi, alors? Après m'avoir offert tout, on ne me laissera
rien?

— Vous offrir tout était une maladresse. Ne vous laisser
rien serait peut-être une mauvaise action. Voici. Dubuit vous
donnera la quantité de provisions qui vous seront nécessaires;
et il restera entendu que le claim lui appartient. Il vous
laissera, pour payer votre travail, une part dans les béné-

fices, et dans le prix de vente, si plus tard, vous voulez vendre votre claim.

— Combien me laisseras-tu? demanda Crosnier.

— La moitié…. Trouves-tu que c'est assez?…

— Oui, dit Claude, après un instant de réflexion. Vous êtes un bon camarade, monsieur Dubuit, et vous avez bien agi avec moi….

— Tu ne me tutoies plus? Pourquoi?

— J'ai eu tort de le faire. Nous ne sommes plus au régiment, dit Crosnier avec une sorte de dignité touchante. Vous n'aurez pas obligé un méchant homme; je suis un garçon brutal, mais honnête, et je vous promets que vous aurez fidèlement votre part de l'or que nous pourrons extraire, Ben et moi….

— C'est fort bien! Toutes choses sont comme elles doivent être! déclara Carnegie, pour couper court à tout attendrissement. Nous allons, si vous voulez, retourner à Dawson; Benjamin restera seul ici, pour garder le claim; Crosnier viendra chercher les bagages qui sont restés à la ville; quant à moi, j'ai vu ce que je voulais voir. Cette course de vitesse était curieuse, et ce ne sera pas l'article le moins intéressant de mon récit…. »

Les chevaux furent sellés; Bernard, Carnegie et Crosnier prirent congé du Canadien, qui, muni de vivres et de couvertures, déclara qu'il passerait la journée du lendemain à examiner le terrain pour tâcher de savoir sur quel point il convenait de commencer les fouilles.

Le retour se fit assez rapidement, et Edward Carnegie eut maintes fois l'occasion de prendre des notes et des instanta-

nés; car ils voyagèrent au milieu de la même foule qui, la
veille, pleine d'espoir, s'élançait à la conquête de l'or, et
maintenant, découragée, s'en revenait avec un désappointement de plus vers Dawson City....

« Savez-vous quel est le vrai Klondyke? où sont les véritables mines d'or? dit Carnegie à Bernard.... Dans les poches
de tous les gens qui s'abattent comme des sauterelles sur ce
pays. Les marchands de vêtements, d'appareils de chauffage
et de vivres, les entrepreneurs de transports, voilà les véritables mineurs. »

Claude s'épongeait le front.

XVI

Cependant, tout était bien changé dans la petite maison de la côte de Grâce.

Depuis deux mois, M. Célestin s'était installé chez son frère. On avait arrangé les mansardes ; Clotilde, qui aimait les jolies choses, y avait, aidée du capitaine, tendu des cretonnes de couleurs gaies ; des fauteuils d'osier, garnis de moelleux coussins, des nattes de Chine étendues sur le plancher, de petits rideaux de mousseline à fleurs vives rendaient, à peu de frais, ces deux chambres tout à fait charmantes ; et le capitaine dut avouer qu'il n'avait pas jusqu'alors connu tout le charme de sa maison.

Les chambres des deux frères étaient semblables, seulement celle du capitaine n'avait pas de lit ; les deux crochets fixés au plafond soutenaient son hamac. Sur les fenêtres,

Célestin avait posé quelques caisses contenant des volubilis et des pois de senteur; ces fleurs grimpaient au balcon, et à travers leurs délicates corolles on voyait la mer.

Augusta avait dû demeurer plusieurs semaines à Paris, afin de ne pas laisser Mlle Pascaline dans l'embarras.

Plusieurs personnes se présentèrent d'abord, pour l'emploi vacant, et Augusta consentit à prolonger son séjour à Paris pour les mettre au courant de la besogne; mais chacune d'elles, après quelques jours d'essai, renonça à une place qui offrait tant d'ennuis et de travail pour si peu de profit.

Après cinq semaines d'essais infructueux, Augusta, voyant la huitième postulante renoncer à lui succéder, frappa à la porte de sa directrice et eut avec elle une conversation intéressante....

« La jeune personne qui devait me remplacer vient de partir! » dit-elle....

Mlle de Bouvray était occupée à mettre au net les comptes d'un orphelinat dont elle était trésorière; elle leva le nez avec humeur :

« Que cela est donc contrariant! dit-elle.... Et pour quelle cause est-elle partie?

— Pour la même qui a fait fuir déjà ses devancières : trop peu d'émoluments et trop de travail.

— En vérité? déclara Mlle Pascaline, en posant sa plume sur son bureau et relevant ses lunettes sur son front, je ne sais où nous allons! C'est l'anarchie.... Comment cette jeune femme ne peut-elle accepter ce qui vous a contentée pendant vingt ans?...

— Ce qui m'a contentée... n'est peut-être pas le terme exact! riposta froidement Augusta. J'ai subi des conditions que je ne pouvais modifier! voilà tout!... J'admets fort bien qu'une autre ne les accepte pas si elle peut faire autrement.

— Mais cette petite créature n'est rien du tout dans les lettres! reprit Mlle Pascaline, sans relever la réponse de sa collaboratrice. Tandis que vous avez un nom connu. Vos poésies sont très gracieuses. Elle ne serait pas capable de composer le moindre sonnet....

— Tant mieux pour elle! dit Augusta. C'est un don funeste. Si elle sait coudre, elle fera mieux de composer des robes ou de la lingerie fine. Je ne le lui ai pas caché.

— Qu'est-ce à dire? se récria Mlle de Bouvray. Dois-je comprendre que vous avez oublié vos devoirs au point de décourager les personnes que vous étiez chargée de mettre au courant du travail?...

— Justement! riposta Augusta. Vous avez dit le mot; j'étais chargée de les mettre au courant, non seulement du travail, mais des exigences de la situation. Je l'ai fait. Si quelqu'un, il y a vingt ans, m'eût rendu le même service, j'eusse subi des heures moins dures. Je ne me serais pas engagée dans une voie où je n'ai trouvé que désillusion et misère. J'étais encore assez jeune pour trouver autre chose. C'eût été un grand bonheur pour moi.

— En vérité, dit Mlle Pascaline, d'un ton sévère; on croirait que vous me faites des reproches.

— Non! répliqua Augusta, j'y aurais mauvaise grâce. Vous avez, autant que possible, tiré parti des circonstances; c'est l'usage. Toute autre, sans doute, eût fait de même. »

Mlle de Bouvray feuilleta avec impatience le livre qu'elle examinait :

« Deux autres jeunes femmes se sont présentées, nous pourrions les essayer! reprit-elle.

— Essayez. Peut-être réussirez-vous!...

— Je vais écrire à l'une d'elles qu'elle peut venir ici demain matin. Je vous prierai d'être très exacte, à neuf heures au bureau. Et ne découragez pas celle-ci.

— Je ne la découragerai pas, en effet! riposta Augusta poliment, mais avec une fermeté extrême. Demain, premier juillet, expire la période supplémentaire que vous m'avez demandé de vous donner pour ne pas vous laisser dans l'embarras. Demain donc, et non un jour plus tard, je partirai.

— Ce ne sont pas là des procédés courtois après vingt ans de collaboration! déclara Mlle de Bouvray, de plus en plus irritée. »

Augusta, agacée enfin de cet égoïsme qui ne voulait voir que ses propres intérêts et fermait les yeux obstinément sur ceux des autres, riposta :

« Lorsque je vous ai annoncé que je me retirais à la campagne, vous m'avez demandé de différer mon départ durant deux mois encore. Je l'ai fait; et c'était un grand sacrifice!...

— Oh! un grand sacrifice! Quelle exagération!

— Pas du tout! Je vous ai sacrifié (je tiens à ce mot!) deux mois de repos et de tranquillité... deux mois d'été au bord de la mer....

— Vous avez le temps de jouir de la campagne, puisque vous y habiterez maintenant.

— J'ai soixante-cinq ans.... Il ne me reste pas, sans doute, beaucoup d'étés à vivre.... Et franchement mon existence, jusqu'à présent, a été si dénuée de joies et de paix que vous ne devez pas m'envier le tardif bonheur qui m'arrive.... »

Mlle Pascaline, vaguement... (oh! très vaguement) émue, fit un signe de tête; puis, toute à son affaire, reprit :

« C'est égal, vous montrez bien peu d'intérêt pour notre bonne œuvre du *Rosier Blanc*! Voyez!.. depuis l'âge de trente ans, je me suis donnée tout entière aux œuvres de charité; je puis dire que ma vie y fut consacrée. Eh bien! je ne me lasse pas, moi. Je reste au poste! J'y mourrai!... Et je ne m'attendais pas à une défection de votre part. Car, je vous ai donné l'exemple du dévouement à notre cher *Rosier Blanc*.

— Oh! sans doute, dit tranquillement Augusta. Seulement, ce dévouement vous était facile, à vous qui vivez dans l'abondance. Pour moi, qui me suis privée de tout, pour économiser une somme insignifiante, je me suis résignée moins aisément. »

Mlle Pascaline comprit qu'elle n'obtiendrait rien de cette âme endurcie. Elle soupira et demeura pensive, réfléchissant au parti qu'elle devait prendre....

« Que ferez-vous à Honfleur? demanda-t-elle, enfin. »

Augusta la voyant arriver à un arrangement qu'elle avait désiré sans l'espérer, dit :

« Je me reposerai, je viens de vous le dire.

— Mais, vous me dites aussi que vous êtes sans fortune.

— Des parents aisés me recueillent.

— Oh ! s'écria Mlle de Bouvray, avec une amusante
expression de fierté blessée ; il n'est pas possible que vous
acceptiez une telle hospitalité. Vous êtes trop fière pour
cela!...

— Ma fierté est très abattue ! riposta Augusta.

— Je vais vous faire une proposition, reprit Mlle de Bouvray. Vous êtes trop intelligente pour ne pas l'accepter. Vous
connaissez à fond le travail du bureau. Vous avez l'habitude
de la correspondance ; j'ai en vous la plus entière confiance
pour le choix des manuscrits. Voulez-vous continuer à faire,
à Honfleur, ce travail?

— Ce sera difficile! dit Augusta, qui avait peine à contenir sa joie, mais trouvait utile de la dissimuler.

— Pas du tout ; nous vous enverrons deux fois par
semaine les lettres et les manuscrits. Quant aux personnes
qui se présentent elles-mêmes au bureau, je les recevrai, et
lorsque je serai absente, Mlle Léonie vous remplacera. »

Pauvre Mlle Léonie, déjà accablée de besogne ! Augusta
entreprit de lui assurer du moins une augmentation de traitement, sur laquelle elle ne comptait guère.

« Je vous donnerai cent francs par mois! » ajouta Mlle Pascaline de l'air d'une personne qui se livre à une prodigalité
blâmable.

Augusta secoua les épaules irrévérencieusement :

« Voici mes conditions, dit-elle, avec une énergie à
laquelle elle n'avait pas habitué sa directrice. Jusqu'ici vous
m'avez donné trois cents francs par mois. Cette somme sera
partagée entre Léonie et moi. J'aurai deux cents francs, elle
le surplus ; ce n'est que juste, puisqu'elle aura un surcroît

de travail. Pourquoi feriez-vous des économies sur de pauvres gens comme elle et moi?...

— J'avais l'intention de verser cette somme à l'œuvre des Vieillards abandonnés, dit mélancoliquement Mlle Pascaline.

— Cela reviendra au même.... Je suis vieille et j'ai été, jusqu'à présent, abandonnée à mes propres ressources....

— Vos conditions sont inacceptables.

— Je le regrette! dit avec fermeté Augusta. Mais je n'en admets pas d'autres. Au surplus, je ne suis pas embarrassée pour trouver mieux que cela, si je désire m'occuper. Mon cousin, qui a voyagé beaucoup, collaborera avec moi, pour composer des livres de voyage.... Cela me suffira. »

Et elle fit un mouvement pour se retirer. Mlle Pascaline poussa un gémissement :

« Vous m'assassinez dit-elle.... C'est autant de moins qu'auront mes pauvres vieillards. »

Sans s'attarder à plaindre les pauvres vieillards, Augusta appela Mlle Léonie; et, devant la directrice lui fit part des dispositions nouvelles que l'on venait de prendre.

Devant cette aubaine inespérée, la physionomie de Léonie s'éclaira; des larmes de reconnaissance brillèrent dans ses yeux; et comprenant que c'était à Mme Vernhes qu'elle devait ceci, elle la remercia avec effusion, lorsqu'elles furent sorties du cabinet de Mlle Pascaline.

Dès le lendemain, Augusta fit emballer ses meubles, et prit, avec joie, congé de son propriétaire.... Et deux jours après, elle était installée dans la riante petite villa du capitaine.

Avec un goût très sûr, elle arrangea quelques fauteuils et

13

des étoffes gaies dans la pièce principale du cottage ; la col
lection de coquillages et de papillons paraissait mille fois
plus belle, mise en valeur par ces draperies.

De la chambre voisine, où elle avait installé son lit,
Augusta voyait la mer par une échappée entre les pommiers
du plant. Là, devant la fenêtre, était posée la grande table
de travail.

Pas un coin n'était perdu ; mais tout le mobilier des trois
cousins tenait dans la maison. C'était un beau résultat.

« Vous la disiez toute petite, votre villa ! s'écria Augusta,
s'adressant au capitaine, peu de jours après son installation :
mais elle est grande, au contraire.

— Nous devrions lui donner un nom, dit Saturnin.

— Appelons-la « le Verger », proposa Célestin, toujours à
ses manies.

— Nom peu poétique ! riposta Augusta.... « La Mouette »,
plutôt....

— C'est cela ! s'écria le capitaine. Et moi qui ai quelques
notions de peinture, je peindrai une mouette sur un petit
panneau au-dessus de la porte.... »

Il résulta de cette conversation que, durant deux jours, le
capitaine, une palette en main, et grimpé sur une échelle,
travailla à faire un tableau représentant une mouette posée
sur un rocher, se détachant sur fond de mer et de ciel bleu.

Quand ce fut fait et que Clotilde et les enfants furent admis
à contempler le chef-d'œuvre, ils hésitèrent un instant sur
l'objet qu'ils avaient devant les yeux. La mouette ressemblait à une oie, posée sur un tas de fumier ; et son cou péniblement emmanché à ses épaules semblait souffrir.

« C'est une mouette, expliqua Augusta, qui devina l'indécision de Clotilde.

Le capitaine, grimpé sur une échelle, travailla à un tableau.

— On ferait bien de l'écrire au-dessous du tableau ! proposa Roger.

— C'est une excellente idée ! s'écria le capitaine, qui, re-

montant sur son échelle, dessina, en belles lettres contour-
nées et bizarres, ces deux mots dans l'angle du panneau :
« La Mouette.... »

Cependant, dans les deux jardins, de grands travaux
avaient été faits. Célestin, très compétent en cette matière,
avait fait défoncer la terre, planter des arbres et préparer des
carrés.

Une simple haie séparait les deux propriétés ; une porte y
fut percée afin que, en bon chef de culture, il pût surveiller
facilement la propriété voisine en même temps que la
sienne.

Mais, malgré la diligence apportée aux travaux, on ne
pouvait espérer un produit avant l'automne ; c'est alors que
Manette eut l'idée d'ajouter à l'exploitation du jardin une autre
aussi lucrative. Elle acheta cinquante poules, pour lesquelles
l'adroit capitaine construisit une maisonnette, et qui eurent
en guise de promenoir toute la grande cour plantée de pommiers.... Dès le premier mois, comme on était dans la belle
saison, Manette vendit un millier d'œufs, dont le produit
permit de calculer le revenu important que l'on pouvait espérer de cette seule industrie.

Clotilde, qui, d'autre part, apprenait, sous la direction de
Célestin, à conduire la culture de son jardin, commença à
croire que cet excellent homme l'avait bien conseillée en lui
persuadant de quitter Paris et de préférer une aisance modeste, mais sûre, à la fatigue et à l'ennui de sa situation au
Rosier Blanc.

Quant à Augusta, elle rajeunissait.

Depuis si longtemps privée d'air pur et d'espace, elle jouis-

sait de sa vie nouvelle avec reconnaissance. Le grand jardin,
le plant, la route charmante sillonnée de promeneurs et de
touristes, la grève étroite, bordant le flot, tout lui était un
spectacle, sans cesse plus charmant. On eut peine à la décider à visiter Honfleur, tant son horreur des villes était devenue grande ; pourtant, elle dut reconnaître que celle-ci ne
rappelait que de très loin le bruit et l'animation de Paris.

Le plus heureux de tous était, sans contredit, le capitaine,
qui passait tous ses moments de loisir à préparer ses notes
pour le premier volume qu'il produirait, en collaboration
avec Augusta.

Il fit deux voyages au Havre, pour voir des commissionnaires en fruits pour l'Angleterre. Il emmenait souvent, le
soir, lorsque la marée était haute, son frère, Augusta et Clotilde faire des promenades en barque sous la direction du
père Rolland.

Bref, cette petite colonie de gens heureux était réconfor-
tante à voir.... Et tout eût été pour le mieux, si Clotilde
n'eût, avec un serrement de cœur, pensé chaque jour à son
frère, dont elle n'avait reçu encore que deux lettres : l'une de
New-York, l'autre de Dawson City, écrite au moment où Bernard y débarquait. Depuis ce moment, qu'était-il devenu ? La
jeune fille connaissait tous les dangers de l'aventureux voyage
entrepris par son frère ; elle savait que le climat du Klondyke
est meurtrier, que le scorbut, les pneumonies, l'anémie,
déciment les mineurs. Et le silence de Bernard la tourmentait.

Les communications, il est vrai, sont difficiles et longues.
Et le capitaine s'exténuait à lui faire le calcul du nombre de
jours nécessaires à une lettre pour parvenir de l'Alaska en

France. Mais, malgré ces rassurantes paroles, la jeune fille ne pouvait se défendre de craintes poignantes, et elle en venait à dire, comme Manette :

« Ah ! si Bernard avait connu M. Célestin, il n'aurait pas eu besoin de nous quitter, pour aller chercher de l'or. »

Un des hommes nous appela.

XVII

Lorsque Crosnier revint de Dawson avec les vêtements, les outils et les provisions si généreusement abandonnés par Bernard, et ayant en sa possession l'autorisation légale d'exploiter le claim n° 27, pris au nom de Dubuit, il trouva que Ben, garçon adroit et habitué au travail des mines, et connaissant les nécessités de la situation, avait commencé quelques travaux utiles.

Leur claim était situé sur la pente d'une montagne peu éloignée du fleuve.

L'accès en était difficile, on pouvait assimiler à une escalade l'action de se transporter sur l'espèce de plateau rocheux surplombant le fleuve, où ils allaient travailler de longs mois peut-être.

Une anfractuosité naturelle, formée par un rocher, abrita

la tente, où les deux mineurs devaient se loger, et lui servit
de toit. Le poêle fut dressé, les provisions soigneusement
rangées, dans une excavation près de la tente, sous la grosse
roche : de cette roche, un petit ruisseau sortait, qui descendait en cascades limpides vers les bords du fleuve ; de leur
claim, les mineurs avaient sous les yeux un panorama très
beau. Toute la plaine où coule le Hunker s'étendait à leurs
pieds, jusqu'à l'arête de la chaîne montagneuse appelée le
Dôme.

Benjamin expliqua à Crosnier les avantages de leur position.

« Nous sommes très bien situés ici, lui dit-il, loin des
brouillards du Hunker, qui, l'hiver, causent d'atroces rhu-
matismes articulaires ; la grosse roche qui domine le claim
et couvre notre tente nous abritera des vents du Nord. Nous
agrandirons l'excavation, de façon à nous y loger pour les
premiers froids ; cela nous fera une sorte de grotte où nous
serons infiniment mieux. Nous avons de l'eau sur notre
claim, de sorte que nous pourrons laver l'or sur place, et
sans aucune fatigue....

— Tout cela est fort bien ! dit Claude satisfait. J'ajoute que
l'on a, d'où nous sommes une vue merveilleuse. Je suis sûr
qu'avec une bonne lunette, on verrait Dawson, si Dawson
avait des monuments élevés comme le sémaphore du Havre,
ou le phare de la Hève.... Mais Dawson n'est qu'un misérable amas de baraques.... »

Les deux compagnons, debout près du poteau numérotant
leur claim, avaient en effet sous les yeux un spectacle d'animation amusante, qui eût tenté l'objectif d'Edward Car-

nergie.... Un campement de mineurs, qui allait bientôt être
une ville, se formait....

Comme une fourmilière en activité, plus d'un millier
d'hommes s'agitaient, allaient, venaient, plantaient des
tentes, commençaient des fouilles.... Au centre des claims,
une agglomération de tentes formait le noyau de la ville
future.

Des marchands, venus de Dawson, s'y installaient ; une
baraque même se construisait, en planches mal rabotées,
mais épaisses ; c'était le futur hôtel de Fawcett-City... ainsi
nommée par le mineur James Fawcett, qui peu de semaines
auparavant avait signalé la présence de l'or sur ce point.

Dans la direction de Dawson, une file de piétons, de cava-
liers, de voitures formaient un va-et-vient continu ; c'étaient
des approvisionnements pour les gens de mines....

« Par ma foi ! c'est une chose curieuse à voir ! s'écria
Crosnier.... La naissance d'une ville.... Cet étrange Anglais,
qui vient dans l'Alaska pour observer eût dû rester ici, durant quelques jours. L'important, pour nous, maintenant,
c'est de commencer nos travaux, et de savoir si notre claim
vaut quelque chose....

— Je le crois ! dit Benjamin ; j'ai marqué la place où
nous creuserons, tout près de la tente. Nous pourrons, dans
quelques jours, commencer à laver la terre, et voir si nous
trouverons un peu d'or....

Crosnier et lui se dirigèrent vers cet endroit ; ils examinèrent la nature du sol ; mais Claude était absolument igno-
rant des indices qui peuvent déceler à des yeux exercés la
présence du précieux métal.

Tous deux prirent une pioche et une pelle et se mirent à creuser à la façon des terrassiers....

« C'est un rude métier, dit Claude, après trois heures de travail, en s'épongeant le front, car le soleil dardait avec une violence excessive.... »

Devant eux un tas de terre, assez petit, s'élevait déjà : mais il n'était pas probable qu'il contînt de l'or, car c'était à peine la surface du sol. Ce terrain mêlé de pierres et de roches était affreusement pénible à creuser.

« Tu sais, s'il faut entamer la roche, nous ferions mieux d'employer la mine, dit Crosnier, fatigué et un peu découragé. Il en faudra des coups de pioche, avant qu'il y ait là un puits.... »

Ben hocha la tête :

« Nous pouvons creuser durant des mois, sans rien trouver, puis tout à coup rencontrer une veine....

— Si nous commencions à laver cette terre ! dit Claude.

— Oh ! il n'y a rien là-dedans ! C'est trop à la surface !

— C'est égal ! je vais essayer. »

Nous avons décrit les longs tuyaux de bois, garnis de rainures intérieures, dans lesquelles se dépose l'or.... Une installation plus primitive et moins coûteuse consiste en une sorte d'écuelle de bois, que les mineurs appellent « pan » ; on y lave la terre, comme dans les tuyaux ; l'or se dépose au fond. Ce procédé est le plus usité dans l'Alaska.

Claude alla chercher l'écuelle à laver, prit une poignée de terre, et emplit le « pan » de l'eau du ruisseau.... Une violente émotion lui serrait la gorge. Ce premier essai de son métier de chercheur d'or lui donnait la fièvre.... Benjamin,

plus habitué que lui à cette besogne, lava la terre, par quelques secousses, puis vida l'écuelle avec précaution... Une
matière brillante apparut au fond du vase....

« C'est de l'or? » demanda Crosnier.

« C'est de l'or?... » demanda Crosnier.
Benjamin fit signe que oui.
« Les balances ! » dit-il....

Crosnier courut chercher de petites balances de précision,
qui faisaient partie des instruments achetés par Bernard ; on
pesa la poudre d'or ; il y en avait pour environ un dollar....

« Si cela continue ainsi, notre claim sera sans doute très
riche, dit Benjamin. Le tas de terre que nous avons extrait
depuis ce matin représente bien une centaine de dollars. »

Claude poussa un vivat formidable. Son cœur débordait de
joie....

« Continuons de laver !... dit-il.

— Non ! il faut manger et nous reposer. Nous sommes fatigués. Il ne faut pas se surmener ! » déclara Benjamin.

Celui-ci, qui n'était que le subordonné de Claude, prenait
par la force des choses, le rang prépondérant. Il connaissait
les mines et était habitué au pays ; le Français, lui, n'avait
que sa force physique : aucune habitude du climat, aucune
expérience du métier.

Crosnier se résigna.... Les deux mineurs firent bouillir
dans leur marmite une tablette de viande séchée.... détestable repas, qui est celui de tous les jours, en ce pays-là.

L'imagination de Crosnier s'emportait. Il couvait de l'œil le
tas de terre extrait du trou....

« Ainsi, il y a là cent dollars.

— Je n'affirme rien ; mais il est permis de le supposer....

— Cent dollars ! répéta Claude, avec une nuance d'envie.... Ce seul petit tas de terre payera et au delà le prix du
claim. Dubuit a de la chance. Il s'enrichira par notre travail....

— Oui, mais sans lui nous n'aurions rien.... Ce sont ses
provisions que nous mangeons, nous allons coucher sous sa

tente ; et les cent dollars dont il y a cinquante pour nous sont
extraits de son terrain ! dit l'honnête Benjamin.

— Bien sûr ! murmura Crosnier, avec un peu de
honte.... »

La chasse à l'or faisait ressortir tout ce qu'il y avait de
moins bon en lui. Un philosophe moraliste eût pu le prendre
pour exemple des mauvaises passions qu'éveillent ces compé-
titions acharnées, ces espoirs fous de fortunes subites et dis-
proportionnées avec l'effort accompli.

Il devenait envieux, il devenait âpre au gain. Il avait des
joies frénétiques au moindre symptôme de succès, et des
colères furieuses, lorsque les choses semblaient tourner
mal.

En se séparant de Bernard, la veille à Dawson, il avait
éprouvé une émotion sincère, il lui avait exprimé sa reconnaissance ; et tout le long de la route, en cheminant à côté
de la voiture qui amenait ses bagages, il s'était dit que sa
responsabilité était grande, au sujet de ce jeune homme,
entraîné par lui en ce pays lointain, où il avait dépensé une
somme relativement considérable....

Des pensées bonnes et honorables pour lui l'avaient occupé
pendant tout ce temps.... A présent, sur le terrain des
mines, en face de la première pincée de poudre d'or, ses
mauvais instincts reparaissaient. Il regrettait la part qu'il
devait verser à Bernard. Il supputait les bénéfices que ferait
celui-ci, sans se donner la moindre peine... Et sa rapacité
souffrait péniblement l'idée d'un partage que la veille, il
avait considéré comme une grande générosité de la part de
Bernard.

Il expédia son repas, presque sans parler, l'œil brillant, la parole brève, partagé entre la joie d'avoir un bon claim, et l'ennui de savoir qu'il n'aurait que la moitié et même le quart de l'or extrait, car, il fallait bien faire aussi la part de Benjamin.... Crosnier sentait que, sans ce dernier, il eût commis bien des maladresses.

Aussitôt le dîner terminé, il se leva, en s'écriant :

« Vite ! Allons extraire notre or de cette terre ! »

Ben, beaucoup plus flegmatique, le suivit. Ils travaillèrent très tard ; mais Crosnier ne sentait pas la fatigue ; une exaltation fiévreuse l'électrisait. Après quelques heures de travail, ils avaient un petit sac de poudre d'or qui valait à peu près cent cinquante dollars.

« C'est un résultat magnifique ! s'écria Claude avec un soupir de joie et de regret.... Qui eût pu s'attendre à cela.... Nous allons être millionnaires....

— Pour moi, dit Benjamin, lorsque j'aurai cent mille francs, je retournerai à Québec. J'y ai laissé ma femme et mes deux petits enfants ;... ç'a été une grande peine de se quitter. Mais Betsie sera joliment contente de me voir revenir riche. Nous ferons deux gentlemen de nos garçons. Ils entreront au collège. Et Betsie aura la plus belle robe de soie qu'on ait jamais vendue à Québec....

— Cent mille francs !... Peuh !... Belle misère !... murmura Claude. Il y a des millions dans le sol que nous foulons. »

Ben hocha la tête :

« Peut-être, mon garçon ! Ça n'est pas prouvé ! Rien de trompeur comme ces claims de montagne. Un jour on croit avoir une petite fortune ; on s'aperçoit peu après qu'on n'a que de la terre et des pierrailles.

— Qu'en savez-vous ? dit Claude effrayé.

— Je le sais, parce que cela s'est vu maintes fois déjà. Il a pu se trouver un peu de terre aurifère entraînée jusqu'ici, des couches supérieures de la montagne, par le travail d'infiltration des eaux.... Et il se peut que le sol même en soit complètement dépourvu, et que nous ayons, du premier coup, extrait toute notre fortune....

— Bah ! Taisez-vous, oiseau de mauvais augure ! grommela Crosnier furieux. Vous avez bien raison, ma foi, de venir me conter vos histoires d'infiltrations d'eaux pour me décourager et gâter ma joie. Je suis sûr, moi, qu'il y a là un gîte d'or. Et si nous avons du courage à la besogne, nous nous retirerons de là plus riches que des sucriers ou des marchands de porcs de Chicago.

— Je vous ai déjà dit, reprit Ben, que je retournerai à Québec aussitôt que j'aurai assez d'argent. Quant à extraire ce qu'il peut y avoir là, vous ne savez pas bien ce que vous dites, boy. Vous voyez avec quelle peine nous avons défoncé le sol à quelques centimètres d'épaisseur : car il est gelé malgré ces chaleurs extrêmes ; songez à ce que cela doit être en hiver. Vous ne vous figurez pas du tout l'effroyable misère qu'il y a à souffrir ici, depuis le mois de septembre jusqu'en mai. Nous avons trois bons mois d'été, profitons-en. Et filons ensuite vers des pays plus modérés comme climat. La meilleure richesse, c'est la santé !... Et si vous saviez combien d'hommes meurent là, dans l'hiver, du scorbut, des maladies du poumon, et de l'anémie, vous n'en demanderiez pas tant.

— Je ne pourrai pas me résoudre à quitter un endroit où l'on trouve de l'or, rien qu'en fouillant la terre ! riposta Crosnier, avec un feu sauvage dans le regard. »

Benjamin hocha la tête et dit :

« Boy, vous me paraissez atteint d'une maladie grave, qu'on appelle, en ce pays, la fièvre de l'or !... et qui ne lâche pas son homme avant de l'avoir tué !...

— Sornettes », murmura Crosnier en haussant les épaules.

Ben, sans se fâcher, bourra sa pipe, s'assit sur un morceau de roche, au bord de leur puits de mine, et reprit :

« Je m'en vais vous conter une chose que j'ai vue de mes yeux, il y a deux mois, en arrivant dans l'Alaska. Je voyageais avec des camarades de Montréal, dont un individu qui connaissait tout ce pays, comme je connais les rues de Québec, et qui, depuis, a fait une jolie fortune....

— Tu vois donc, vieux bavard, qu'on fait fortune quelquefois.

— Laissez-moi finir. Il a fait fortune en tenant un bar à Dawson.... Car, aux mines, il n'a gagné qu'une attaque de scorbut, qui a failli l'emporter. Donc, lui et moi, nous parcourions le pays ; nous étions dans l'Eldorado.... Un endroit joliment nommé, car on y a ramassé l'or à pelletées, c'est le cas de le dire. Les mineurs trouvaient jusqu'à deux mille francs par écuelle....

— Deux mille francs ! répéta Claude, d'un air de convoitise.

— Oui.... Les plus belles fortune de l'Alaska ont été faites dans l'Eldorado. Eh bien ! Un jour que nous cheminions, très fatigués, cherchant du travail, sur les claims, nous arri-

vâmes devant la plus misérable hutte de terre que j'ai jamais
vue ; une espèce de tanière basse, avec une porte qui n'était
qu'un trou dans la glaise ; un toit de planches recouvert de
roseaux.... Nous entrons là.... Nous voyons trois hommes
qui mangeaient, car c'était l'heure du souper. L'intérieur
était d'une malpropreté si repoussante que nous, des mineurs,
des gens peu habitués au luxe, nous faillîmes reculer.... Un
des hommes nous appela :

« — Entrez, garçons ! Si vous avez faim, venez manger avec
nous.

« Ma foi, nous entrâmes, nous nous assîmes par terre
avec eux, nous nous régalâmes de lard rance et de viande
séchée.... Je contemplais un vieillard dégoûtant, à la barbe
malpropre, aux cheveux crasseux, des vêtements sales, l'air
d'un loup à la fin de l'hiver... c'est-à-dire d'un loup qui a
jeûné... et à la griffe mauvaise et le ventre affamé.... Savez-
vous qui était ce vieux-là ? C'était le fameux Will Blinker !...

— Le fameux Will Blinker ? répéta Crosnier, je ne le
connais pas.... C'est la première fois que j'entends prononcer
son nom.... »

Benjamin leva les sourcils d'un air d'étonnement, tira de
sa pipe une bouffée de fumée, et dit gravement :

« Vous ne connaissez pas le nom de Will Blinker ? Je me
demande ce qu'on vous apprend, à vous autres Européens.
Et que diable venez-vous faire au Klondyke, si vous ne savez
même pas le nom de celui qui a découvert, le premier, les
gisements d'or du pays.

— Ah ! C'est Will Blinker ?

— Oui.... Il possède des millions, beaucoup de millions.

14

Tous les mois il va à Dawson porter ses sacs de poudre d'or à
la banque. En ville, on le connaît. Et pourtant, il n'y a jamais
dépensé d'autre argent que ce qui est nécessaire pour acheter des vivres. Il passe l'hiver sur son claim ; il y endure des
froids terribles, comme le plus pauvre des mineurs ; il ne
perd jamais une heure, à Dawson, pour son plaisir. On ne l'a
jamais vu entrer dans un bar. Il vit de lard rance, comme
vous et moi. Il est répugnant, malpropre ; il se prive de tout,
pendant que ses millions se reposent. Mais ce n'est pas l'or
placé à la banque qui l'intéresse, c'est celui qui reste dans la
terre. Il périra là, comme un vieux loup farouche, sur son
sac de pépites... parce qu'il ne pourra jamais se résigner à
quitter un endroit où, comme vous le disiez tout à l'heure, il
n'y a qu'à fouiller la terre pour trouver de l'or.... Prenez
garde, boy, d'attraper la maladie du vieux Will.... C'est
hideux, voyez-vous.... Ce Blinker inspire de la répulsion à
tous ceux qui le voient. Il a cinquante ans, il semble en avoir
soixante-quinze, et tout le monde l'appelle le vieux Will.... »

Crosnier, pensif, dit :

« Mais moi, je ne suis pas comme lui, j'ai de la famille,
mon père, ma mère, une sœur que je veux faire riches.

— Ça c'est un bon sentiment ; mais vous n'avez pas besoin
d'amasser des millions pour les rendre heureux.

— Il y a, du côté d'Ingouville, une jolie maison blanche,
entourée d'un beau jardin fermé d'une grille, qui plairait à
ma mère, reprit Claude, rêvant, les yeux fixes, et voyant
certes en sa pensée cette riante demeure ensoleillée. Mon
père pourrait installer un petit observatoire ; de là, il verrait
les transatlantiques sortir du port et y entrer ; ma mère

s'occuperait dans la maison et ma sœur ferait des broderies et
de jolis ouvrages, comme font les dames riches. Ce serait une
vie agréable. Moi, je me marierai, mais plus tard. Et puisque
j'aurai de l'argent, je prendrai une femme qui me plaira,
même si elle n'a rien....

— Tout cela est très beau ! conclut Ben, en secouant avec
soin la cendre de sa pipe. Mais auparavant il faut creuser
notre trou. Voilà qu'il est au moins dix heures, couchons-
nous pour être debout demain à cinq heures du matin, et
pouvoir travailler avant que le soleil soit trop brûlant. »

Les deux hommes rentrèrent sous leur tente, et s'installèrent dans leurs lits, sortes de sacs rembourrés de laine et de
fourrures où l'on s'introduit tout habillé.

« Bonsoir, garçon, dit Ben. Faites de beaux rêves. »

Quelques minutes après, ils dormaient tous deux, et, dès
cinq heures, ils étaient debout, avalaient une tasse de thé
brûlant, et, prenant leur pioche et leur pelle, se dirigeaient
vers le petit trou, qu'ils appelaient pompeusement leur puits
de mine.

Claude, gai comme un pinson, supputant déjà le gain de
la journée, chantait une tyrolienne.... Ils se mirent à l'œuvre.

Et, après deux heures de travail très dur, Benjamin, la
mine soucieuse, dit :

« Ne chantez pas si gaiement. Nous allons avoir de l'ennui !...

— Je le crois, car la terre est bien dure à arracher.

— Ce n'est pas de la terre : c'est du roc. Nous piochons en
plein granit !...

— Eh bien ?

— Eh bien, il est inutile de continuer. Vous voyez bien que depuis un moment nous frappons sur la pierre, sans rien casser que nos outils, peut-être. Il y a là un bloc de rocher que nous ne pouvons pas espérer entamer.... »

Ils demeurèrent indécis un moment.

« Essayons plus loin, proposa Claude qui, en mesurant de l'œil le tas de terre qu'ils venaient d'obtenir, jugea qu'ils avaient à peine le quart de ce qu'ils avaient eu la veille.

— Oui, essayons; mais faisons des sondages d'abord, reprit Benjamin. Car j'ai peur d'une chose....

— Qui est?...

— Que tout notre claim ne soit composé que d'un sol de granit ou de quartz, recouvert de quelques centimètres de terre.

— Dans ce cas, cela ne vaudrait rien ? demanda Claude.

— Rien du tout !... Pour nous, du moins, qui avons une installation tout à fait primitive. Si ces roches sont du quartz, ce qui doit être, elles peuvent contenir une grande quantité d'or; seulement, pour l'extraire, il faudrait des machines et des pilons-broyeurs pour réduire en poudre cette pierre où s'ébrèchent nos outils.... »

Claude, plein d'angoisse, dit :

« Essayons tout de suite. »

Ils prirent leurs pics; et d'après les indications de Ben, qui étudiait attentivement la configuration du sol, ils commencèrent des sondages, travail très pénible, qui dura tout le jour et n'amena que de mauvais résultats. Toute la partie ouest du claim, qui descendait en pente douce du côté **du** Huncker, était, comme le craignait Ben, une seule **masse** rocheuse recouverte de quelques centimètres de terre.

Claude, pris d'un désespoir véhément, voulait passer la nuit à sonder l'autre extrémité du claim, sur la rive opposée du ruisseau, mais Ben lui dit tranquillement :

« Travaillez si vous voulez ; pour moi, je vais me coucher, après avoir soupé copieusement. Si nous tombons malades, cela ne rendra pas le claim meilleur.

— On voit bien qu'il n'est pas à toi ! grommela Crosnier. Tu serais moins paisible.

— Je serais le même assurément ! riposta l'autre. Apprenez qu'aux mines il faut savoir supporter un désappointement, et avoir de l'énergie pour surmonter tous les obstacles. Vous avez, vous, des emballements exagérés et des fureurs sans raison…. Vous reprochiez à votre compagnon de n'être pas fait pour devenir chercheur d'or…. Mais vous ne paraissez pas non plus très bien doué pour cela. Et vous avez, boy, un caractère insupportable, tandis que le gentleman était doux et poli, et ne se fâchait jamais. »

Sur cette semonce un peu raide, Benjamin alla préparer le souper, sans s'inquiéter de savoir si Crosnier était blessé ou non de sa franchise.

Celui-ci, furieux d'abord, avait eu la velléité de répondre brutalement ; mais comme Ben lui était absolument indispensable, il se décida à contenir sa mauvaise humeur.

Et il vint d'un air maussade, prendre part au repas ; aucune parole ne fut échangée ; tandis que le Canadien bourrait sa pipe et l'allumait après le souper, Claude, digne et boudeur, s'introduisit dans son lit, où il s'endormit aussitôt.

. . . .

En arrivant à Dawson City, Bernard, pour augmenter sa petite fortune, vendit à un mineur qui se rendait dans le Bonanza la part de vivres et de vêtements que n'avait pas emportée Crosnier.

Cela lui procura **un** capital de mille francs environ qui eût pu, à la rigueur, lui permettre de regagner la France immédiatement. Mais, comme il l'avait dit à Carnegie, il ne voulait pas faire cela. Revenir piteusement, lui, chef de famille, après avoir dévoré en trois mois une part importante de la fortune commune.

Carnegie lui donna une lettre pour un banquier de Vancouver ; il espérait, avec cette recommandation, obtenir une situation assez lucrative.

Ce banquier était membre du conseil d'administration d'une compagnie de bateaux pour le transport des mineurs de Vancouver à Saint-Michaël ; s'il ne pouvait prendre Bernard dans sa maison de banque, il l'emploierait, sans doute, à la compagnie de transports.

Mais lorsqu'il s'informa du prochain départ des bateaux de Dawson à Vancouver, Bernard eut une première déception : la navigation était interrompue pour quinze jours par suite d'avaries au navire. La vie à Dawson revenait à quarante francs par jour, même à l'hôtel Canadien, le moins confortable de la ville. Il était impossible de songer à demeurer quinze jours, et peut-être davantage, dans ces conditions....

Carnegie, consulté par Bernard, dit :

« Il faut partir tout de suite.

— Et comment ? Par quelle route ?

— Par le Chilkoot; vous arriverez à Dyea ; là, vous trouverez des bateaux qui vous mèneront à Vancouver....

— Le Chilkoot !... Mais j'ai entendu dire que c'est une montagne infranchissable. Et vous-même m'avez renseigné à ce sujet quand nous nous sommes rencontrés à Vancouver.

— Le Chilkoot est impraticable en hiver ; mais nous sommes dans le mois le plus chaud de la saison d'été ; et vous ne trouverez plus ces grands amas de neige qui rendent l'ascension si difficile. Enfin, vous n'avez pas de bagages, et n'aurez à faire le chemin qu'une seule fois... tandis que les mineurs, chargés de leur approvisionnement, le font jusqu'à quinze et vingt fois....

— Je pense que vous avez raison, dit Bernard, après avoir réfléchi. D'ailleurs, cette voie est la moins coûteuse, et pour cette cause, je dois la préférer. Et vous, qu'allez-vous faire ? Votre mission est-elle terminée ?...

— Elle commence seulement. Je n'ai rien vu encore. Je vais parcourir méthodiquement tout le territoire minier, en prenant des notes sur la richesse des gisements d'or.... Je ne vous cache pas qu'une puissante compagnie anglaise est sur le point de se former pour exploiter convenablement ces richesses, dont les mineurs isolés et misérables ne savent pas tirer parti.... »

Bernard hocha la tête.

Il savait que l'Angleterre n'est jamais en retard pour s'emparer d'un point quelconque du globe où elle peut s'enrichir, s'y installer à la barbe du légitime possesseur et, à force d'obstination, rester maîtresse de la place convoitée.

Dès le lendemain, il partit dans la direction du Chilkoot.

Sur l'avis de Carnegie, il avait acheté un bon cheval, de façon
à faire assez rapidement le chemin jusqu'à cette barrière qui
sépare l'Alaska de la frontière canadienne.

Il éprouva une réelle peine à se séparer de l'Anglais, dont
l'influence sur lui avait été heureuse et décisive ; il lui devait
certes beaucoup. Tous deux convinrent de s'écrire. Edward
lui conseilla de lui adresser ses lettres à Dawson, où il reviendrait de temps à autre ; et en se serrant la main une dernière fois, avec émotion, ils se quittèrent.

Bernard fit le chemin assez tristement d'abord.

Il se trouvait maintenant tout à fait seul, en ce pays étranger, sans position, riche de fort peu d'argent, et inquiet de
l'avenir. Mais il voulut avoir du courage ; il songea à sa sœur
et aux deux jumeaux ; il fallait, pour eux, combattre avec
énergie. Il le ferait et Daniel Hasser serait content de lui....

Son voyage ne dura que quelques jours. Il passa le Chilkoot sans incident et peu de temps après arriva à Dyea.

Dyea appartient au Canada.

Il y a quelques années, quelques mois même, c'était une
misérable bourgade. A présent, depuis la découverte des
mines d'or, Dyea est devenue une ville extrêmement com-
merçante. Les maisons de banque y abondent ; il y a plusieurs
compagnies de transports par terre ou par eau.

Dès son arrivée, Bernard s'informa du prochain départ
pour Vancouver ; mais là, comme à Dawson, une légère déconvenue l'attendait. Ces compagnies encore mal installées,
ayant surtout de beaux prospectus à faire imprimer dans les
journaux et des horaires très compliqués, fonctionnent irré-
gulièrement. Pas de départ avant une semaine au moins.

Bernard n'était pas beaucoup plus avancé que s'il était resté à Dawson, car l'hôtel y était tout aussi coûteux.

Le jeune homme, fort en peine du parti qu'il devait prendre, errait tristement dans les rues.... Dyea, par comparaison avec Dawson City, lui paraissait une petite ville très agréable. Pas de tentes plantées plus ou moins en désordre; pas de baraques en bois : de véritables maisons qui, pour n'être pas d'une architecture très savante, n'en étaient pas moins des habitations humaines et non des terriers à mineurs.

Les rues étaient encombrées de gens affairés ; des quantités d'hommes se rendant aux mines séjournaient là quelques jours, avant de partir pour l'Alaska, et y faisaient leurs achats.... D'autres attendaient, comme il faisait lui-même, le premier départ de bateaux pour Vancouver. Les magasins avaient un air de prospérité : leurs marchandises débordaient jusque sur la voie publique; les propriétaires de ces magasins avaient la figure satisfaite de gens qui sont contents de leurs affaires.

Et le mot de Carnegie revint à la pensée de Bernard : « Les véritables mines d'or, ce sont les poches des fous qui s'en viennent au Klondyke, chercher de l'or.... »

Au moment où le jeune homme songeait à cela, quelqu'un derrière lui dit :

« Vous cherchez une maison à louer, monsieur ? »

Il se retourna et vit une petite femme extremement malpropre, et d'une figure aimable et souriante.

« Une maison à louer ? Non, madame....

— Je vous demande cela parce que je vous vois arrêté

devant celle-ci, qui est à moi », continua cette femme.

Bernard s'aperçut que, sans y penser, il était demeuré
immobile un moment devant une grande bâtisse qui ressemblait un peu, il faut l'avouer, aux baraques de Dawson, car
elle était en bois.

Mais un toit avancé, des balcons et une vérandah, à la
manière des chalets suisses, lui donnaient un air avenant et
gai. Elle était d'ailleurs placée sur le quai, et de ses fenêtres
on devait avoir une vue très belle; sans compter le spectacle
de l'animation d'un port aussi important que l'était à présent Dyea.

« Vous êtes Français de France, continua la petite femme
malpropre, avec son plus gracieux sourire. Moi aussi. Car je
suis née à Paris !... Cela se voit tout de suite, n'est-ce pas ? »

Elle dit « Paris » avec le grasseyement le plus faubou-
rien; Bernard haïssait cet accent vulgaire ; mais ici il l'attendrit, en lui rappelant les lointains boulevards....

« Je me nomme Mme Carré, continua-t-elle. Mon mari est
charpentier, et c'est lui qui a construit cette maison sur un
terrain que nous avons loué pour plusieurs années.

— En vérité ? Comment faire une maison sur un sol qui
ne vous appartient pas ?

— Il est à nous pour dix ans. Avant ce temps, nous aurons
assez de fortune pour revenir en France. Michel démontera
la maison et en vendra les morceaux, voilà tout.... C'est
simple, n'est-ce pas? »

Bernard demeura surpris de tant d'ingéniosité pour se
tirer d'affaire.

Mme Carré le regardait en souriant. Elle avait une

figure bonne et gracieuse. Il était fâcheux qu'elle fût si malpropre.

La seule chose qui rappelât son origine parisienne était sa coiffure en cheveux savamment échafaudés au sommet de sa tête. Elle tenait sur son bras un tout petit enfant qui dormait.

— Je suis contente de voir quelqu'un de mon pays. Ah ! c'est que nous ne sommes pas nombreux, ici, les Parisiens. Il y a nous, et puis les Duprat, les Gaucherel et c'est tout.... Nous avions quitté Paris pour venir au Klondyke. Arrivés ici, nous n'avions plus d'argent, j'étais malade ; les neiges encombraient la montagne ; on ne pouvait pas tenter le passage. Mon mari se remit à son état de charpentier, et durant tout l'hiver dernier, il y gagna tant d'argent que nous avons renoncé à aller aux mines.... Le climat n'est pas très dur ; nous resterons ici quelques années, après quoi nous irons vivre de nos rentes en France.... J'ai envie d'une jolie maison dans la banlieue,... à Meudon, par exemple.... C'est si joli, Meudon, à cause des bois... l'été,... ou bien Ville-d'Avray. Car je ne pourrais pas vivre trop loin de Paris, monsieur.... La province ne me conviendrait pas du tout. Quand on est Parisienne, on ne va pas habiter Brives-la-Gaillarde, n'est-ce pas ? »

On jouait là des monceaux d'or.

XVIII

Bernard s'épanouissait, à ce bavardage.... Ces mots, Meudon, Ville-d'Avray, lui gonflaient le cœur d'un regret mélancolique... La petite souillon malpropre et gaie, qui méprisait la province et posait son « n'est-ce pas » à tout bout de phrase, comme font ces gens un peu vulgaires de Paris, tout cela l'amusait.

— Est-ce que vous allez au Klondyke? reprit Mme Carré, avec une curiosité toute sympathique.

— Je n'y vais pas; j'en viens.

— Avez-vous réussi?

— Non, hélas! dit Bernard tout à fait en confiance. J'attends ici le départ du bateau pour Vancouver, où je tâcherai de trouver un emploi. »

Mme Carré le regarda avec sympathie.

« Ah ! et pourquoi allez-vous à Vancouver ? Il serait si simple de rester ici.

— Mais, que faire ici ? Je n'y connais personne.

— Monsieur, vous avez l'air d'un homme très distingué ; je su's sûre que vous réussiriez très bien dans le commerce.

— Et lequel, chère madame Carré ? Je n'ai pas beaucoup d'argent, pour entreprendre un commerce quelconque.

— Savez-vous quelle est la meilleure industrie ? C'est de tenir un hôtel. Mon mari et moi nous avons regretté plusieurs fois de ne l'avoir pas fait. Mais enfin nous faisons bien nos affaires, et il ne faut pas nous plaindre. Louez notre maison ; elle est placée sur le quai, juste en face du débarcadère des bateaux de Vancouver, tout près de la gare ; c'est une situation unique. Elle est très grande. En y établissant quelques cloisons supplémentaires, vous aurez beaucoup de chambres. Mon mari vous enverra beaucoup de clients ; un Français de nos amis est employé à la gare, un autre sur les quais : ils vous en enverront aussi. Vous ferez fortune en peu de temps. C'est plus sûr que les mines.

— Madame, je n'ai pas même la somme suffisante pour acheter un très simple mobilier, du linge, des cristaux ; et il me faudrait payer des domestiques, sans compter le loyer de la maison. C'est impossible !

— Pour le loyer, ma foi, nous nous arrangerions toujours. Vous ne nous paierez le premier terme que dans six mois. Il faut bien s'entr'aider, n'est-ce pas ? Quant aux meubles, les Gaucherel, nos amis, vous en procureront à crédit... Oh ! il n'y a pas de difficultés ; ils le feront avec plaisir. Vous savez, nous sommes ici une douzaine de Parisiens, il faut se serrer et faire un petit groupe. Nous l'avons fait jusqu'ici, et nous nous en sommes bien trouvés.

— Madame Carré, vous êtes vraiment une excellente femme! dit Bernard ébranlé et presque décidé.... Mais je n'aimerais pas à risquer l'argent des autres.

— Vous ne risquerez rien du tout. La maison ne sera pas abîmée parce que vous l'aurez habitée, ni les meubles gâtés.... Au bout de six mois vous verrez bien comment tourneront vos affaires. Vous nous désintéresserez toujours facilement. Votre famille pourra sans doute vous envoyer quelques centaines de francs.... Et je vous assure que vous ne risquez rien. Vous ne vous figurez pas la quantité de gens qui séjournent à Dyea. Tous les hôtels regorgent de voyageurs. Et vous savez à quels prix, et quel confortable on y trouve! Le service des bateaux est très irrégulier; il doit y avoir un départ tous les trois jours; nous sommes souvent des semaines entières sans qu'il y en ait. De soite que les mineurs, au retour du Klondyke, se trouvent immobilisés là. Si votre hôtel est beau et bien tenu, vous aurez la clientèle des hommes qui ont réussi aux mines. Ces gens-là dépensent leur or plus facilement qu'ils ne l'ont gagné.... Vous réussirez, je vous l'affirme.... »

Bernard, entraîné, par ce flot d'éloquence, dit résolument : « Eh bien! visitons la maison. »

C'était une sorte de grande caserne, percée d'une multitude de fenêtres; mais qu'il était aisé de transformer en un hôtel important.

Mme Carré expliqua que son mari poserait lui-même les cloisons nécessaires; il y avait derrière la maison un petit jardin, où quelques chétifs arbustes végétaient péniblement.

« Il faut que votre mari ratifie toutes les propositions que
vous m'avez faites! dit Bernard. Car il peut fort bien ne pas
approuver vos offres.

— Je suis sûre de Michel! répliqua vivement Mme Carré.
Venez, ce soir, prendre le café avec nous, monsieur. Vous
verrez mon mari, et aussi les Gaucherel qui s'entendront
avec vous, pour les meubles.... »

Prendre le café!... Bernard se crut chez leur concierge du
boulevard Saint-Germain. Cela lui faisait comme un petit
coin de Paris, retrouvé sous ces latitudes éloignées.

Mais la bienveillance agissante de Mme Carré le toucha
vivement, et il accepta en disant :

« Je serai très heureux, madame, de passer une soirée
avec des compatriotes. Je croirai être encore en France. »

Il se rendit donc, le soir même, après son dîner, à l'endroit que lui avait indiqué Mme Carré. On l'accueillit avec
une sympathie à laquelle il fut très sensible; il retrouva,
outre son aimable hôtesse, qui s'était lavé les mains, et avait
mis des bagues et une robe de soie noire, pour lui faire
honneur, Michel, un bon grand garçon aux manières ouvertes,
type d'ouvrier parisien, dont l'esprit consistait à faire d'innombrables calembours, et qui, à la fin de la soirée, chanta des
chansons patriotiques, avec une voix de gorge, exaspérante
pour un dilettante, mais qui émut beaucoup Mme Carré et
les Gaucherel.

Ceux-ci, braves gens du même genre que leurs amis,
étaient pourtant moins bruyants. Mme Gaucherel était plus

distinguée que Mme Carré ; elle se coiffait en bandeaux à la Botticelli et affectait une grande réserve de manières... elle

Bernard visite la maison de Mme Carré.

trouvait son amie un peu vulgaire. Gaucherel était quelconque ; mais très serviable et obligeant.

Dans cette soirée, les affaires de Bernard furent décidées. Michel s'engagea à mettre, dans la semaine, sa maison en état de servir d'hôtel ; Gaucherel promit de livrer des meubles. Bernard versa quelques acomptes, et garda une petite somme pour faire face aux premières dépenses.

Lorsqu'il fut parti, Carré affirma que M. Dubuit avait l'air d'un bon garçon ; et Mme Gaucherel déclara :

« C'est tout à fait un homme du monde ! »

Quinze jours plus tard, l'hôtel Français ouvrait sur les quais ses fenêtres fraîchement peintes ; et, au-dessus de son enseigne, gravée en lettres d'or, sur marbre blanc, l'écusson de la ville de Paris : le vaisseau qui ne sombrera jamais, resplendissait, peint de couleurs brillantes.

Dès le second jour, un bateau arrivant de Vancouver amena une quantité de voyageurs ; vers la fin du mois, Bernard, faisant ses comptes, se trouvait en mesure de payer le loyer de son hôtel et une partie du mobilier ; pendant les trois mois d'été, cette heureuse chance continua ; et lorsque les premiers jours de septembre arrivèrent, la foule des voyageurs devint telle que le jeune homme dut louer une maison voisine, pour servir d'annexe ; et Carré lui construisit, en quelques jours, dans le jardin, une salle à manger immense, qui se trouva à peine suffisante, pour contenir les nombreux clients.

A cette époque de l'année, beaucoup de gens revenaient des mines, une grande quantité d'hommes quittait le pays, pour retourner aux États-Unis ou en Angleterre ; mais beaucoup aussi venaient passer à Dyea les mois les plus incléments de l'hiver ; ceux-ci étaient des mineurs possédant un riche claim, ayant fait une bonne saison, et se préparant à reprendre leur exploitation après quelques mois de repos.

Ils s'installaient à demeure dans l'hôtel ; et dès ce début de septembre, Bernard put calculer les très grands bénéfices qu'il ferait dans le courant de l'hiver.

Ah ! combien était loin le temps où une profession mercantile lui semblait avilissante. La vie l'avait promptement réduit au bon sens et à la raison.

Il n'eût sans doute pas, à la vérité, consenti à exercer le même métier en France !... Mais à Dyea, dans ce pays perdu, dans ce milieu où chacun s'ingéniait à se créer des ressources, de toutes les façons possibles, ses idées se modifiaient. Pas d'oisifs, dans ces contrées neuves. Tout le monde travaillait.... Il fallait bien faire comme les autres.

Depuis qu'il était fixé à Dyea, il correspondait activement avec sa famille. Il avait même écrit à Daniel Hasser, un résumé sommaire de tout ce qui lui était arrivé depuis son départ ; et il lui annonçait la résolution qu'il avait prise, et la façon dont il l'avait exécutée. Il reçut du vieil ami de son père une lettre d'encouragements et de félicitations....

« Vous êtes dans la bonne voie », lui écrivait le savant, « vous avez su faire abstraction de vos goûts personnels, et « sacrifier une puérile vanité. C'est cela qui s'appelle se « dévouer aux siens. Votre père serait content de vous. »

Aussitôt qu'il eut un peu d'argent, après avoir payé ses frais d'installation, Bernard l'envoya à sa sœur. Bernard recevait d'elle aussi, de fréquentes lettres.

La jeune fille le tenait au courant de ses essais de culture, sous la direction de Célestin. Bernard, fort surpris d'abord, comprit, après réflexion, que c'était sans doute le salut pour Clotilde

Malheureusement les gains n'étaient pas si rapides que dans son entreprise, à lui ; les arbres et les plantes ne poussent pas dans quelques mois, comme poussaient les fortunes, dans la contrée où il était.

Bernard écrivit à sa sœur qu'il pensait être deux ou trois ans seulement à Dyea ; ce laps de temps serait suffisant pour amasser une petite fortune. Pendant ces années d'absence, il était heureux de savoir qu'elle habitait leur petite maisonnette, à la campagne, dans un air pur et vivifiant.

Les deux garçons pourraient aller au collège de Honfleur ; leurs études seraient déjà avancées, lorsque le grand frère reviendrait en France ; et il arriverait au bon moment, pour diriger leur éducation dans un sens pratique, dont il connaissait à présent la nécessité....

Pendant que Bernard Dubuit s'improvisait commerçant à Dyea, que devenait Claude? Le claim lui apportait-il cette richesse tant désirée, et cherchée au prix de tant d'efforts? Hélas, non !

Nous avons dit qu'après le premier jour de succès, où les deux mineurs recueillirent environ cinq cents dollars, ils rencontrèrent un bloc de roches très étendu, où leurs outils se fussent ébréchés plutôt que d'en extraire une parcelle.

Benjamin et Claude firent alors des sondages ; le résultat en fut tout à fait décourageant ; et une semaine après l'installation sur leur claim, il leur fallut se rendre à l'évidence.

En admettant que le quartz qui formait le sous-sol contînt de l'or, ils étaient incapables de s'en emparer. Il eût fallu, pour cela, les puissants broyeurs, dont on se sert dans certaines grandes exploitations minières, au Transvaal entre

autres, il fallait donc se résigner à abandonner le claim. et à
chercher quelque autre chose à faire.

Durant la semaine passée à faire des sondages, ils avaient
recueilli une certaine quantité de poudre d'or, amenée dans
les terres de la surface par les infiltrations d'eaux. Cela formait une valeur d'un millier de dollars à peu près, soit
environ cinq mille francs, qui leur permettaient de se rendre
sur un autre point du Klondyke, et d'y chercher quelque
chose....

Les deux compagnons se séparèrent, à la suite d'une discussion qui ne faisait pas honneur à Crosnier; ce malheureux
aigri par l'insuccès, était rendu envieux et rapace par le
spectacle de la bonne chance des autres, qui, sous ses yeux,
dans la plaine, au bord du fleuve, trouvaient des gisements
importants. Lorsqu'ils eurent évalué la poudre d'or qu'avait
rapporté leur claim, Claude faisant le partage donna deux
cents dollars à Benjamin.

Celui-ci les reçut sans réclamer rien et dit :

« J'ai vu, ce matin, un mineur des claims voisins où ils
réussissent si bien. Je lui ai dit que nous allons partir. Il
offre d'acheter notre bagage : tente, poêle, provisions, pour
deux cents dollars.

— C'est une bonne affaire.... Je vais lui céder le tout. Cela
me fera mille dollars, avec lesquels je trouverai peut-être
un claim à acheter, dans un autre endroit que celui-ci.... Si
tu veux venir avec moi, nous continuerons de travailler
ensemble....

— Tu n'auras pas mille dollars, dit l'honnête Ben. Tu en
dois la moitié à Bernard Dubuit.

— Je ne lui dois rien, quant à présent, riposta Claude violemment. J'ai eu assez d'ennuis et de peines pour avoir droit à quelques compensations. Et si je n'ai rien, comment pourrai-je acheter un autre claim?

— Cela, je ne m'en occupe pas. Je dis que tu dois la moitié de notre gain à ton camarade; et si tu ne la lui payes pas, tu le voleras, voilà tout.

— Je le volerai, moi!... s'écria Claude, levant un poing menaçant.... »

Mais Ben lui riposta, avec une tranquillité méprisante :

« Mon garçon, tu ne m'effrayes pas du tout. S'il y avait une lutte entre nous, il est probable que tu aurais le dessous. Ainsi calme-toi; j'ai dit que tu agis malhonnêtement en gardant l'or qui n'est pas à toi; je le répète.

— J'ai besoin de cet or, dit Claude très rouge! Je le rendrai plus tard avec les intérêts et Dubuit y gagnera.

— Dubuit a un besoin plus pressant d'avoir deux mille francs tout de suite, que vingt mille plus tard, je le parierais. Il va se trouver dénué de tout à Vancouver.

— Bah! L'Anglais lui aidera!

— Je n'en crois rien, ni toi non plus! Tu t'obstines à garder tout?

— Oui!... dit cyniquement Claude; et c'est dans l'intérêt de Bernard, autant que dans le mien. Qu'est-ce qu'il ferait avec deux mille francs. Dans quelques mois, je l'aurai enrichi. D'ailleurs, il ne s'attendait à rien recevoir avant plusieurs mois. »

Benjamin ne prononça pas une parole; il se leva, prit les effets qui lui appartenaient, en fit un ballot qu'il attacha sur ses épaules avec des courroies; puis il bourra sa pipe, et l'allumant avant de partir, finit par dire à Claude, qui le regardait faire avec étonnement :

Claude leva un poing menaçant.

« Crosnier, je te considère comme un gredin, je ne t'estime plus, et je me sépare de toi, en te prévenant que s'il m'arrive de rencontrer Dubuit ou son ami l'Anglais, je raconterai la vilenie malhonnête que tu viens de faire.... »

Claude, furieux, s'élança sur Ben, le poing levé ; mais celui-ci d'un simple coup d'épaule écarta son adversaire, et quitta le claim d'un pas tranquille.

Cependant, aussitôt qu'il en fut sorti, il se retourna et dit d'une voix ferme :

« Rappelle-toi que le claim appartient à Dubuit; n'essaye pas de le vendre, car je m'y opposerai, et cette fois l'affaire pourrait devenir mauvaise pour toi. »

Claude cria insolemment :

« Vendre cette pierraille? Je n'y pense pas. Il faudrait un autre sot comme Dubuit, pour songer à l'acheter !... »

Et il rentra dans la tente.

La chasse à l'or avait éveillé toutes les mauvaises passions qui sommeillaient en lui. Et pourtant lorsqu'il se trouva seul, abandonné par son grossier, mais loyal compagnon, il ressentit un mouvement de honte et de chagrin.

Il n'avait pas, en réalité, l'intention de dépouiller Bernard; il pensait bien lui rendre, plus tard, la somme qu'il gardait pour lui, à présent. Mais il se disait que cette somme lui était nécessaire pour réussir, et la rage de son insuccès lui obscurcissait la conscience....

Il vendit la plus grande partie du bagage que lui avait laissé généreusement Bernard ; il ne conserva que ce qu'il put porter sur ses épaules, vêtements et vivres; puis, le bâton à la main, il quitta, dès le lendemain matin, ce pays, où il n'avait encore rencontré que mécomptes et ennuis.

En traversant la plaine, dans la direction de Dawson, il vit sur l'un des claims, récemment découverts, et que l'on

disait fort riches, Benjamin qui travaillait en qualité de terrassier, et le salua d'un « bonne chance » ironique.

Claude arriva à la ville, débarrassé des vagues remords
qui l'avaient assailli la veille. Il avait pris son parti. Il de-
meurerait deux ou trois jours à Dawson, pour se renseigner
sur la direction qu'il devait prendre; puis il irait soit dans
le Bonanza, ou dans l'Eldorado, les deux provinces les plus
riches de ce royaume de l'or.

Il descendit à l'hôtel Canadien, où il avait passé quelques
semaines plus tôt avec Bernard. Dans la soirée, il se promena
par les rues de la ville; il avait l'intention de lier connaissance avec quelques mineurs, dont il comptait tirer des renseignements utiles.

Il aperçut une grande baraque de bois, illuminée brillam-
ment. C'était un « Music-Hall », sorte de bar, où l'on buvait
et jouait tout en écoutant de stupides chansons, débitées par
le rebut des chanteurs, qui, d'Europe, s'étaient aventurés
jusqu'à ces latitudes désolées. Claude entra là.

Il y avait plusieurs salles; l'une réservée à la musique;
l'autre où des buveurs se grisaient d'absinthe et de whisky,
une troisième enfin où il y avait un jeu de roulette et plusieurs tables de baccara. Il entra dans celle-ci, et un spectacle curieux le fascina.

On jouait là des monceaux d'or; des mineurs venus en
ville pour déposer leurs pépites à la banque y perdaient ce
qu'ils avaient mis un mois à extraire du sol... d'autres, à
vrai dire y trouvaient un nouveau Klondyke... mais ces derniers étaient bien peu nombreux, pour dix qui se ruinaient,
un seul s'enrichissait.... Claude ne vit qu'eux, comme il

n'avait voulu voir dans l'Alaska que les gens qui réussissaient aux mines.

L'un d'eux, surtout, qui tenait la banque, à l'une des tables du baccara avait devant lui un petit monticule d'or; et des balances où il pesait les pépites que perdaient ses adversaires.

Quatre fois de suite, le banquier gagna. Claude, hypnotisé par la vue de l'or, attiré presque malgré lui, s'approcha de la table et risqua deux dollars sur une carte.

Il gagna; il mit dix dollars sur la même carte, et gagna encore.... Une sorte de vertige le prit; il se dit que dans quelques heures, il pouvait gagner là de quoi rembourser Bernard, et s'en retourner en France, avec une petite fortune.

Il joua; il gagna d'abord; puis il perdit ce qu'il avait gagné; ainsi qu'il arrive invariablement, il voulut regagner ce qu'il venait de perdre, et ponta au hasard sans réflexion, ni calcul.... Au bout de deux heures, sa bourse était absolument vide; et des cinq mille francs qu'il possédait, il lui restait quatre ou cinq dollars, qui seraient à peine suffisants pour payer sa chambre à l'hôtel Canadien.

Les juges improvisés firent avancer l'accusé.

XIX

Dégrisé, éveillé de son rêve brusquement, Claude, déses-
péré, s'éloigna de la table. Il s'aperçut dans une glace et
frissonna. Il était blême, ses jambes tremblaient, ses oreilles
bourdonnaient ; la fièvre lui serrait les tempes....

« Il paraît, maître Crosnier, que le claim était bon ! » dit
une voix railleuse tout près de lui.

Il se retourna et fronça le sourcil, en apercevant Edward
Carnegie.

« Je vous ai vu jouer, depuis une heure que je suis-là, un
assez gros jeu, continua l'Anglais. Vous avez perdu une bonne
somme !... Combien ?

— Cinq mille francs ! dit Claude anéanti.

— C'est très fâcheux pour vous. Mais je me réjouis cependant ; car, si pour votre part vous avez eu cinq mille francs,

c'est que le claim de Bernard est excellent. Et vous n'avez peut-être pas joué tout ce que vous possédiez?

— Absolument tout! Il me reste vingt-cinq francs.

— Vous êtes beau joueur. Mais ce n'est rien cela. Vous allez retourner au Hunker, et dans huit jours tout sera réparé. Voilà qui va faire grand bien à Dubuit. En arrivant à Vancouver, il trouvera quelques milliers de francs qui lui rendront grand service. »

Claude baissa le nez.

Carnegie l'examinait. Il dit froidement :

« Vous semblez embarrassé. Auriez-vous joué là votre part et la sienne?

— Oui! murmura Crosnier défaillant. Je me suis laissé entraîner.

— Voilà qui est bien fâcheux.... Se laisser entraîner à perdre ce que l'on possède, cela s'admet... mais non pas y joindre ce qui est aux autres.... »

Claude, au supplice, dit :

« Je suis un peu souffrant. Il fait très chaud ici. Je vais sortir.

— Je vous accompagne!... Oh! mon cher monsieur, je vois bien que je vous ennuie; mais cela ne m'arrêtera pas. Je me suis pris d'affection pour Dubuit, qui est une nature beaucoup trop loyale et confiante. Je l'ai, une fois déjà, empêché d'être la dupe de sa générosité. Je ne veux pas laisser péricliter ses intérêts.... Voyons. Le claim est-il très bon? Avez-vous trouvé un gisement d'or considérable et facile à extraire?

— Le claim ne vaut rien! répondit Claude, résigné à subir

l'Anglais. C'est un amas de roches où nos pioches s'ébrèchent et dont on ne peut rien tirer.

— D'où vous viennent donc ces cinq mille francs, alors?

— Nous les avons trouvés dans les quelques pouces de terre qui recouvraient le rocher, sur toute la surface du claim....

— De quelle nature est cette roche? demanda avec intérêt Edward Carnegie.

— Ben appelait cela du quartz et prétendait qu'il pourrait bien y avoir là-dedans des monceaux d'or, comme dans toute la colline sur laquelle était notre claim. Mais pour l'avoir il faudrait des machines comme ils en ont au Transvaal. Alors c'est comme s'il n'y avait rien.... »

Carnegie songeur, dit :

« Comment Benjamin, qui me paraît un homme intelligent, explique-t-il que vous ayez trouvé une si forte quantité d'or à la surface du sol?

— Il croit que cela provient des infiltrations d'eaux, qui, en traversant la montagne, ont apporté cet or dans notre claim, situé un peu plus bas....

— Cela est possible! dit Carnegie, enfoncé en de profondes réflexions. La montagne, alors, serait très riche.... Y a-t-il d'autres claims auprès de celui de Dubuit?

— Non. Tous les autres sont au bord du fleuve; personne n'est venu s'installer si maladroitement sur un sol tout en roches.... »

Carnegie demeura muet un instant.... Puis, secouant sa préoccupation, il reprit :

« Qu'allez-vous faire, à présent que vous voilà débarrassé de vos dollars?

— Je suis découragé! dit Crosnier d'une voix abattue. Il me prend un désir de me jeter dans le fleuve....

— Ce n'est pas une solution, du moins pour le moment présent. Il faut d'abord payer vos dettes. Après, vous pourrez vous passer toutes les fantaisies qui vous tenteront. Vous devez deux mille francs à Bernard, sans compter les sommes qu'il avait avancées pour votre installation. Comment les payerez-vous?

— Je ne sais pas.

— Allons! dit Carnegie, j'ai pitié de votre situation. Venez demain me demander à l'hôtel d'Angleterre. Je verrai ce que je pourrai faire pour vous. »

Claude remercia sans élan. Mais il était pris dans une telle détresse qu'il accepta l'aide qu'on lui offrait. Il rentra à son hôtel; il ne dormit pas de la nuit. Des pensées qu'il n'avait jamais eues le tinrent éveillé.

Une sorte de honte et de remords de sa conduite. Il se vit et se jugea comme il eût vu et jugé un étranger. Sa rapacité, ses passions violentes, colères, impatiences, tendant à s'approprier même ce qui ne lui appartenait pas; l'abus qu'il avait fait de la générosité de Bernard. Tout cela faisait de lui un personnage peu sympathique, une sorte d'aventurier sans principes, comme il en coudoyait des centaines dans les rues de Dawson.

Et voici que cet argent qu'il s'appropriait contre toute justice lui échappait en quelques heures, et de la façon la plus humiliante pour lui....

Non, il n'y avait pas tout à gagner aux mines d'or; il y avait beaucoup à perdre.... De l'argent d'abord.... N'avait-il pas

perdu les six mille francs prêtés par son père? Et l'estime
de soi-même, ensuite.... Car, à cette heure, il ne se considérait pas comme un très honnête garçon.

.   .   .   .

Le lendemain matin, Claude trouva Carnegie, qui lui dit :
« Je remplis ici, vous le savez, une mission pour un journal
de Londres qui m'a chargé d'explorer tout le pays. Je vais
retourner sur le Hunker. Vous m'accompagnerez....

— En quelle qualité?

— En qualité de domestique. Je ne vois pas que vous
puissiez remplir un autre rôle auprès de moi. »

Claude était maté par sa dernière aventure. Il ne souffla
mot. Il se rendait compte, d'ailleurs, que son éducation le
mettait dans un état d'infériorité incontestable vis-à-vis d'un
gentleman ; il ne pouvait être un compagnon de voyage, et
serait même un domestique bien rude et un peu fruste.

« Si, en chemin, nous trouvons quelque chose qui vous
convienne mieux que de me servir, vous le prendrez. Vous
pourrez travailler aux mines, si vous le préférez.

— Je suis dégoûté des mines. Et creuser la terre pour le
compte des autres n'enrichit guère un homme....

— Que faisiez-vous en France?

— Mon père étant mécanicien, à bord d'un transatlantique,
m'a appris son métier. J'y suis assez adroit.

— Vous devriez l'exercer ici, alors? Vous y trouveriez la
fortune que vous cherchez. Vous savez à quel prix tout se
paye, à Dawson, ou même à Vancouver.

— Peut-être... dit Claude, qui fut réconforté par cette
idée. Mais je voudrais n'être pas ouvrier chez les autres. Et

pour cela, il me faudrait quelques milliers de francs.

— Vous les aurez! reprit Carnegie. J'ai besoin de vous, pendant quelques semaines, pour aller sur le Hunker. A notre retour, je vous prêterai ce qu'il vous faudra. »

Claude se demanda avec étonnement en quoi il pouvait être utile à l'Anglais. Mais celui-ci était impénétrable. Il ordonna à son nouveau domestique de trouver deux chevaux et de se préparer pour repartir immédiatement dans la direction du Hunker, et une heure plus tard ils étaient en chemin.

Claude un peu confus de revenir si vite au claim, qu'il avait quitté la veille seulement, ne tournait pas la tête du côté de l'endroit où il savait que Benjamin se trouvait; ce qui n'empêcha pas le Canadien de l'apercevoir et de lui crier :

« Déjà revenu? Viens-tu acheter d'autres claims?... »

Crosnier poussa son cheval sans répondre.

Mais Edward Carnegie arrêta le sien, et s'adressant à Ben, lui dit :

« Je viens voir celui qui appartient à Dubuit. Pourriez-vous y venir avec moi?...

— Cet homme est payé par moi! dit une voix sèche, et je ne permets pas à mes ouvriers de s'absenter. »

Au son de cette voix, Claude se retourna vivement; puis, tout à coup, sauta de son cheval, s'élança sur l'homme qui avait parlé, le prit à la gorge et le renversa par terre. Les assistants lui arrachèrent des mains la victime, en fort piteux état....

Hors de lui, Crosnier vociféra :

Claude le prit à la gorge et le renversa.

16

« Jones!... Misérable coquin! Rendez ce que vous avez volé!...

— Hé!... dit paisiblement Carnegie. C'est cet honnête Jones, en effet!... Voici une singulière rencontre!... »

Tout le camp des mineurs s'était assemblé autour des deux adversaires. Jones, blême, effaré, cria :

« Je ne connais pas ces gens-là.

— Mais moi je te connais, brigand! riposta Crosnier. J'ai entendu parler de la justice des mineurs. Camarades, je vous dénonce cet individu. Parti de France avec moi et un autre compagnon, il nous a enlevé nos provisions et s'est enfui, nous laissant sans argent, sans vivres, sans vêtements à Vancouver.

— Ce n'est pas vrai! balbutia Jones.

— C'est vrai! affirma Carnegie. J'étais moi-même à Vancouver, et j'engage ma parole comme témoin.... »

Un murmure menaçant parcourut le groupe d'hommes rassemblés là. Un vieux mineur dit d'un ton rude :

« En Aust alie, où j'ai travaillé, on aurait lynché ce gaillard-là!

— Lynché? vieux Bill. Qu'entendez-vous par ce mot? demanda un jeune homme.

— J'entends qu'on l'aurait pendu à la maîtresse branche du sapin que voici. L'affaire eût été vite faite. »

Jones pâlit.

« On veut m'assassiner, cria-t-il. J'en appelle à la justice. Cet homme ment.

Claude fit un geste de menace.

— Ce n'est pas probable! riposta Bill, d'un ton bref. Je

gagerais que vous avez fait ce mauvais coup... Et tous les
camarades pensent comme moi.

— Oui, oui!.. il faut le pendre! dirent les mineurs.

— Quand même j'aurais volé quelques habits! dit Jones
épouvanté, cela ne vaut pas la mort. Je suis prêt à rendre ce
que j'ai pris.

— Vous voyez, il avoue! s'écria Crosnier.

— Jugeons-le! » dirent les mineurs.

Aussitôt une demi-douzaine d'entre eux, présidés par le
vieux Bill, s'assirent en demi-cercle, entourés par la foule
des assistants qui empêchait toute tentative d'évasion de la
part de Jones.

Carnegie descendit de cheval, et avec une curiosité extrême, se prépara à jouir du spectacle inattendu qu'il allait
voir se dérouler sous ses yeux.

Affectant une gravité solennelle, les juges improvisés firent
avancer devant eux l'accusé, l'accusateur et le témoin.

Bill dirigeait les débats, avec une concision et une netteté
de bon sens que beaucoup de présidents de cour eussent pu
envier....

On interrogea d'abord Crosnier, qui conta par le menu
leur voyage depuis le Havre jusqu'à Vancouver, et comment
après avoir emprunté mille francs à Dubuit et acheté des
marchandises, pour une valeur de cinq mille francs, Jones
les avait volés d'une façon abominable, emportant tout leur
avoir, et les abandonnant ꝏ de tout secours, après les avoir
dépouillés.

« Nous avons porté plainte à Vancouver, ajouta Crosnier ;
et j'ai là, pour témoin de ce que j'avance, l'honorable Edward

Carnegie, qui a vu Jones s'embarquer pour Dyea, et nous a prévenus de son départ à l'hôtel Washington, où nous étions logés.

— C'est vrai! dit Carnegie Ʒ affirme avoir vu cet individu s'embarquer avec les bagages qui appartenaient à ses associés.

— Qu'avez-vous à répondre? demanda Bill à l'accusé.

— Je... j'ai été entraîné par la misère! balbutia Jones.

— Mensonge! Vous n'étiez pas misérable, puisque vos deux associés fournissaient à la dépense!... »

Un silence suivit. Bill continua d'une voix solennelle :

« Vous avez agi comme un gredin en abandonnant des camarades après les avoir dépouillés. De pareils actes de brigandage doivent être sévèrement punis; car, si les voleurs se croient sûrs d'échapper, aucun mineur ne sera à l'abri de leurs manœuvres. Des camarades doivent s'entr'aider, et non se nuire. Vous méritez d'être pendu, et j'opine pour la pendaison!... »

Un murmure d'approbation courut dans l'assemblée. Jones, défaillant, s'écria :

« Je suis prêt à donner tout ce que je possède, pour rembourser ce que j'ai pris.

— Naturellement! déclara Bill. Mais cela n'est qu'une restitution; il faut en plus un châtiment : vous l'aurez....

— Oui! » dirent les juges tout d'une voix.... »

Jones devint lamentable. Il s'adressa d'une voix chevrotante à Crosnier, et le pria d'intercéder pour lui. Celui-ci, nullement habitué à des scènes de justice aussi sommaires et violentes, dit :

« Je me contenterai bien de la restitution proposée. Que ce coquin-là aille se faire pendre ailleurs !

— Oui. Après avoir fait d'autres dupes ! dit Bill, plein de sens et d'autorité. Il ne s'agit pas seulement du tort qu'on vous a fait ; il s'agit de faire un exemple qui empêchera d'autres voleurs de se livrer à leur industrie. L'opinion du tribunal est unanime ; en conséquence, Jones, vous allez d'abord déposer ici tout ce que vous possédez. Ensuite, on vous donnera une demi-heure, pour vous préparer à faire une mort chrétienne ; et vous serez pendu au sapin que vous voyez devant vous ! »

Jones s'affaissa, à demi évanoui. Carnegie prenait des instantanés avec un calme parfait, et murmurait :

« Voici un superbe épisode pour la relation de mon voyage.... »

Deux hommes fouillèrent dans la ceinture de Jones, et en retirèrent une somme de cinq mille dollars environ ; Bill donna six mille francs à Crosnier, et dit :

« Nous confisquons le reste de la somme, pour avoir ici une église et un chapelain. Est-ce entendu ?

— Oui ! très bien ! cria-t-on.

— Quelqu'un d'entre vous a-t-il une Bible ?

— Voici ! voici ! »

Dix mains s'avancèrent présentant des livres reliés de chagrin noir. Bill parlant au condamné lui dit :

« Vous avez encore une demi-heure à vivre. Demandez pardon à Dieu de vos fautes. Et lisez, si vous voulez, la prière des morts On va vous laisser à vous-même. Deux hommes seulement vous garderont à distance.... »

On emmena Jones anéanti par l'épouvante.

« Diantre ! murmura Crosnier. Voici qui est terrible ! Cela va beaucoup plus loin que je ne supposais. Si j'avais su ce qui adviendrait, je n'aurais pas réclamé. N'y a-t-il rien à faire pour le sauver ?

— Je ne sais pas ! dit Carnegie fort peu ému. Mais que nous importe. Jones est un gredin. Il a été condamné par un tribunal de gens très sincères. Ce Bill ferait un superbe président de cour. Il avait dans ses mauvais habits de travail l'allure auguste d'un patriarche....

— Je serais désolé qu'on pendît un homme, parce qu'il m'a volé.

— Vous n'êtes pas le seul en cause. Dubuit a été dépouillé comme vous.

— Eh !... Dubuit donnerait bien, s'il était là, les six mille francs pour sauver ce coquin.... Vous le savez, puisque vous le connaissez. Voyez comme il a agi avec moi. »

Carnegie ne releva pas ce mot, qui indiquait le résultat du retour sur soi-même qu'avait fait Crosnier, dans sa nuit d'insomnie.

« Je ne vois pas, dit-il comment nous pourrions faire casser le jugement porté par ces braves gens. Ils seront fort peu accessibles aux raisons de sentiment et de pitié....

— Si vous parliez de la police qui peut les inquiéter.... Car ceci est un meurtre.

— Ne prononcez pas trop haut ce mot-là. Un meurtre commis avec la complicité de trois cents personnes n'est guère punissable.... Enfin je vais essayer.... »

Carnegie s'approcha d'un groupe nombreux, entourant les

juges et leur président. Une discussion animée avait lieu. On gesticulait; on criait; il semblait y avoir dissidence dans les opinions.

« Gentlemen! dit Carnegie, voulez-vous me permettre de vous présenter quelques observations au sujet de l'exécution du jugement qui vient d'être rendu?

— Parlez! dit Bill avec la majesté qu'il apportait dans ses fonctions de magistrat.

— Ce jugement, je m'empresse de le proclamer, a été rendu avec impartialité; il condamne très justement un infâme drôle, et vous avez raison de vouloir faire un exemple qui effraye à jamais les autres voleurs....

— Si c'est comme cela que vous plaidez pour Jones!... murmura Claude.

— Aussi, vous remarquerez, continua l'Anglais que je ne viens pas critiquer le jugement; mais son exécution intégrale; Mettre à mort un homme, même coupable de vol, cela est chose grave, de la part de gens qui n'en ont pas reçu mission spéciale. Vous vous mettez par là en dehors de la légalité, et beaucoup d'ennuis peuvent en résulter pour vous. »

Un grand nombre de mineurs grondèrent.... Quelques-uns crièrent :

« C'est notre avis!... Il y a un juge-commissaire à Dawson !...

— Voilà, gentlemen, ce que je voulais vous rappeler.... C'est que vous êtes seulement à quelques lieues de Dawson; faites-y conduire l'individu que vous avez condamné; il n'y a aucun doute que votre jugement sera ratifié ; et vous n'aurez pas assumé la responsabilité de la mort de Jones.

—Monsieur, dit Bill, vous ignorez le droit de lynchage qu'ont les mineurs. Ce sont eux qui se chargent de la police, sur le territoire des mines; et personne n'a rien à y voir.

— Vous comprenez, répliqua l'Anglais, que je ne m'intéresse en rien à Jones puisque j'ai servi de témoin contre lui, en cette affaire. Je vous avouerai même que je considérerais comme un spectacle très intéressant son exécution, en vertu de la loi des mineurs. Seulement, je vous avertis que vous pourrez avoir des difficultés avec le gouvernement canadien. »

Quelques rires de défi montèrent du groupe; et Bill, traduisant la pensée générale, riposta :

« Qu'avons-nous à craindre? On ne met pas en prison trois cents hommes à la fois. Et nous sommes tous solidaires les uns des autres.

— On n'arrête pas trois cents hommes; mais on en arrête sept : les juges et le président. Ce sont les plus responsables.... Oh! ne vous fâchez pas, gentlemen. Cela ne m'effraye pas du tout, et je pense qu'il faut discuter paisiblement. »

Quelques hommes avaient murmuré d'une façon menaçante; mais le courage inspire toujours le respect. Edward Carnegie tenant tête à toute la bande, avec un calme parfait, leur imposa l'admiration.

« Nous défendrons les juges et le président, si la police veut les molester! dit un homme qui fut vivement applaudi.

— C'est ici que je vous réserve une raison absolument péremptoire, déclara Carnegie. Vous défendrez vos camarades, comme de braves gens que vous êtes.... Seulement, savez-vous ce que fera le gouvernement canadien?... Il vous

expulsera de son territoire, voilà tout! Il ne gardera pas
chez lui des hommes qui se mettent en dehors des lois, et
se révoltent contre le commissaire. Alors, adieu les mines
d'or. Ce sera un peu ennuyeux d'abandonner ces claims que
vous êtes venus chercher de si loin, avec tant de fatigues
et de misères.... »

Carnegie l'avait dit, la raison était péremptoire.

Pas un homme ne répliqua. Ils réfléchissaient.

« Franchement, ce misérable Jones ne vaut pas la
peine que vous risquez de souffrir à cause de lui, reprit l'Anglais. Soyez sûrs, d'ailleurs, que le juge de Dawson ne l'ac-
quittera pas. Son affaire est bien certaine. Il sera condamné !... »

Il y eut un moment de silence. Les juges et les mineurs
se concertèrent ; et il parut à Carnegie que la cause de Jones
était gagnée. Le président s'adressa à lui et à Crosnier, et
dit d'un ton railleur :

« Nous admettons que vous avez raison. Nous ne devons pas
exécuter nous-mêmes le jugement... mais pas plus pour la
confiscation que pour la pendaison.... Au lieu d'être poursuivis comme meurtriers, nous le serions comme voleurs.
Donc, gentlemen, rendez l'argent! »

Claude fit la grimace.

« Mais, ce n'est pas une confiscation, c'est une restitution.
J'ai le droit de garder les six mille francs qui m'avaient été
dérobés.

— Le juge de Dawson vous les rendra sans doute », continua Bill, au milieu des rires de l'assistance.

Force fut à Crosnier de s'exécuter. Il le fit de la plus

mauvaise grâce du monde ; et il se reprocha amèrement son accès de sensiblerie à propos de Jones.

Celui-ci, presque mort de peur, fut ligotté sur un cheval, et, confié à la garde de deux mineurs, dirigé sur Dawson.

« Votre témoignage et celui de l'accusateur seront nécessaires ! dit Bill à Carnegie.

— Dans deux jours, nous serons de retour à Dawson ! répondit celui-ci. Je suis venu examiner le pays en touriste ; et j'ai l'intention d'y demeurer seulement quelques heures. »

Nous prendrons le bateau pour Vancouver.

XX

Claude et Carnegie s'éloignèrent du campement et se dirigèrent vers la colline où le claim de Bernard était situé. Et
Claude grommelait contre sa propre sottise.

« Quelle idée j'ai eue de vous prier d'intervenir! s'écria-
t-il. Mais qui eût pu penser que vous aviez une pareille éloquence!... Vous vous êtes piqué au jeu. Vous avez voulu
vaincre!...

— Oui. Je me passionnais pour ma cause. J'eusse fait un
bon avocat.

— Ah! Pourquoi vous ai-je fait entreprendre cela? répéta
Claude. Jones méritait d'être pendu, c'est certain.

— Maître Crosnier, ce n'est pas votre prière seulement
qui m'a fait agir. J'ai pensé que Jones est mon compatriote,
quoiqu'il soit un coquin. Et c'est pour cela que j'ai plaidé si

vigoureusement sa cause. Il importe à l'honneur britannique qu'un sujet anglais ne soit pas branché, sur le jugement d'une demi-douzaine de brutes, en dehors de toute légalité. Il eût été Français, je l'eusse laissé pendre!!!! »

On approchait du claim de Bernard; le sentier devenait difficile pour les chevaux; les deux hommes mirent pied à terre.

Claude, se retournant, dit :

« J'aperçois Benjamin qui vient à nous.

— Tant mieux! Il me sera utile dans l'étude que je veux faire. »

Ben les rejoignit peu de temps après; on arriva sur le claim. Carnegie examina les morceaux de quartz, pris sur différents points du terrain. Ben lui donnait des explications sur la façon dont ils avaient trouvé l'or dans les terres de la surface.

« Je vous prie de venir avec moi visiter la colline au pied de laquelle nous nous trouvons, dit Carnegie. Emportez des vivres et votre pic, nous verrons si le sol est semblable à celui-ci.

— Je le crois! reprit Ben. C'est du quartz, mélangé à du sable. Je suis convaincu qu'il y a là-dedans beaucoup d'or. La difficulté est de l'extraire.

— Justement, maître Ben. Partons! Crosnier va dresser la tente, et nous viendrons coucher ici le soir. »

Claude demeura sur le claim qu'il avait abandonné la veille; il passa la journée à ramasser toutes les parcelles de terre qui avaient pu leur échapper; le soir, lorsque Carnegie et Ben revinrent, harassés de leur travail, il leur montra une poignée de poudre d'or qu'il avait lavé au ruisseau.

« Il y en a pour cinquante dollars, dit Benjamin, qui était habitué à ces évaluations rapides.

Carnegie examina les morceaux de quartz.

— Partagez-les avec Ben ! dit Carnegie.

— Et Dubuit?

— Dubuit est assez riche, en possédant ce claim. Je vous fais présent, en son nom, de ce que vous venez de trouver chez lui.... »

Claude ouvrit de grands yeux. Carnegie reprit :

« Je vous recommande, maître Ben, de tenir absolument secrètes les investigations que nous avons faites ensemble aujourd'hui. Je vous engage ma parole d'honneur que, si une compagnie se forme pour exploiter ce terrain, vous aurez une part dans les bénéfices, qui vous enrichira promptement. Votre intérêt est donc de vous taire.

— Une compagnie va se fonder ! murmura Claude.

— Peut-être ! Je vous parlerai de cela plus tard. Pour le moment, mangeons et couchons-nous. Demain matin, au petit jour, nous retournons à Dawson. Cette affaire ne doit souffrir aucun retard. »

Tous trois, une heure plus tard, dormaient sous la tente. Le lendemain, Carnegie et Claude partirent, laissant Ben sur le terrain.

La loi canadienne exige que chaque claim soit occupé pendant trois mois au moins, chaque année, sinon le propriétaire est déchu de ses droits. Carnegie voulant sauvegarder la propriété de Bernard, y laissait l'honnête Canadien.

En arrivant à Dawson, l'Anglais se rendit chez le commissaire du gouvernement et déclara vouloir se rendre acquéreur d'une colline nommée le mont Jupiter, située près du Hunker.

« Vous savez, lui dit le fonctionnaire qu'on n'a pas signalé d'or en ce terrain.

— Je sais, répondit l'Anglais flegmatiquement !

— Et que s'il y en avait, l'extraction en serait pénible et coûteuse?

— Je sais », répéta l'autre.

Le fonctionnaire consulta son plan :

« Il y a un claim pris sur cette colline par un Français nommé Bernard Dubuit.

— Je sais....

— Vous savez donc tout! s'écria l'autre. Et savez-vous aussi qu'il faut consulter la commission des terrains pour vous fixer un prix?

— Je sais, dit pour la quatrième fois Carnegie en riant. Je reviendrai quand?

— Dans deux jours. »

Deux jours plus tard, Carnegie était dûment propriétaire de toute la colline appelée mont Jupiter; moins le claim appartenant à Bernard. Il avait acquis tout cela pour la somme de cinq cents dollars.

« Je crois que nous avons fait une bonne affaire, murmura-t-il après avoir lu avec soin le papier qui établissait ses droits. Dans deux ans, nous verrons les résultats. Il faut bien ce temps-là pour mettre la mine en état de produire. On va commencer tout de suite. »

Ce jour même, il télégraphia à MM. Harris Harris and C° de Londres une dépêche ainsi conçue :

« Pouvez commencer à lancer l'affaire. Terrain de deux lieues carrées a coûté cinq cents dollars. Tout quartz aurifère. Vaut plusieurs millions. »

En même temps il écrivit à Vancouver, où il supposait que se trouvait Bernard, une lettre où sans plus amples explications, il lui disait :

« Cher ami,

« A aucun prix, ne vendez votre claim. On n'en peut rien

17

tirer pour le présent, mais c'est une valeur d'avenir à garder
en portefeuille. »

Bernard ne reçut cette lettre qu'un mois plus tard ; car il
avait envoyé son adresse à la poste de Vancouver pour qu'on
lui retournât sa correspondance.

Il éclata de rire à la lecture de ces mots.... Garder en portefeuille un lot de terrain, roches, cailloux et ruisseau, lui
parut une audacieuse expression. Il répondit à Carnegie, en
le remerciant, et lui demandant des nouvelles de Claude ; mais
le mois de septembre arriva sans qu'il eût reçu de réponse.

Et c'est à cette époque de l'année que nous avions laissé
notre héros, calculant déjà les bénéfices qu'il réaliserait,
durant l'hiver, dans l'hôtel qu'il avait fondé à Dyea.

. . . .

Le mois de septembre s'avançait ; on annonçait déjà les
derniers voyages des bateaux faisant le service direct de Vancouver au Klondyke ; et l'hôtel français s'emplissait de voyageurs. Un matin, Bernard en vit entrer deux dans son bureau,
qu'il ne reconnut pas tout d'abord, et qui s'avancèrent vers
lui avec empressement.

C'étaient Edward Carnegie et son fidèle compagnon
Crosnier.

« Vous, à Dyea !....

— Oui, dit Carnegie, après avoir serré la main de Dubuit.
J'ai terminé mon excursion à travers le Klondyke ; j'ai
envoyé à mon journal, qui les a publiées, des notes très
intéressantes. Je vais retourner en Europe, et j'espère que
vous m'accompagnerez, cher ami.

— Vous accompagner ! Je le voudrais dit Bernard, en

soupirant. Mais c'est impossible! J'ai une fortune à réédifier, vous le savez. Et je crois en avoir trouvé le moyen en fondant cet hôtel.

— Vos affaires sont bonnes?

— Excellentes! En trois ans, j'aurai amassé une somme suffisante pour mettre les miens à l'abri du besoin et rentrer en France.

— Qu'appelez-vous une somme suffisante?

— Quatre-vingt mille francs environ; avec ce que nous avons déjà, ce sera assez pour faire à ma sœur une petite dot, à mes frères et à moi une première mise pour entrer dans la vie. Il faudra encore travailler en France; mais du moins j'aurai facilité le choix d'une carrière à Roger et à Jean.

— Eh bien. Si quatre-vingt mille francs vous suffisent, je puis vous assurer que vous les avez.

— Quoi? le claim a donné de l'or? » s'écria Bernard, regardant Claude.

Celui-ci secoua la tête, l'air abattu.

« Le claim n'a rien donné! murmura-t-il.

— Non! Mais il donnera, ajouta Carnegie. Vous ne comprenez pas, mon cher? Je vais vous expliquer les choses. Comme je vous l'ai dit, je suis venu ici, non seulement pour envoyer des notes et des instantanés à un journal, mais encore et surtout pour trouver des terrains à exploiter pour une compagnie qui s'est formée dans ce but en Angleterre. Or, votre claim fait partie d'une colline rocheuse très riche en or, mais inexploitable pour des mineurs outillés comme le sont ceux qui se rendent dans l'Alaska. J'ai acheté cette colline. Votre claim y est enclavé; un ingénieur est venu à

Dawson ces jours derniers et a fait des estimations d'où il ressort que votre claim peut vous être acheté cent mille francs environ. La compagnie vous offre cette somme. »

Dubuit, ébloui, se laissa tomber sur le siège..... Une chance aussi inattendue le terrassait.

« En plus, monsieur Bernard, j'ai là trois mille francs pour vous, que les juges de Dawson ont confisqués à ce coquin de Jones, pour vous être rendus. Je dis trois mille, car l'autre moitié de la somme m'appartient.

— Garde tout !... s'écria Bernard, qui reprenait conscience de la situation. Envoie-les à ton père.... Cette somme qu'il avait risquée pour toi lui est bien due.

— J'espère que vous accepterez mon offre ! dit Carnegie; et que nous ferons ensemble la traversée pour revenir en Europe. Un bateau part demain pour Vancouver; là, nous prendrons le chemin de fer jusqu'à New-York.

— Et mon hôtel?

— Trouvez un acquéreur !... »

Claude soupira; sa cupidité s'était un peu calmée sous le choc des diverses mésaventures qu'il avait eu à subir. Bernard le regarda :

« Mon pauvre Crosnier, tu n'as pas eu de chance, toi !...

— J'en aurai, monsieur Bernard. D'abord, j'ai celle d'avoir rattrapé mes six mille francs; sans compter une somme égale que j'ai extraite de votre claim, au début, et que j'ai perdue au jeu, à Dawson, comme un sot.... »

Cette confession avait été pénible à faire.... Dubuit tendit la main à Claude :

« Cela me serait arrivé tout aussi bien qu'à toi... dit-il.

Je suis riche, tu vois, et je n'ai pas à te réclamer des comptes..... Vous me conseillez, Carnegie, de chercher un acquéreur.... Le voici. Je vais céder à Claude mon hôtel....

— Mais je n'ai rien! s'écria Crosnier.

— Qu'est-ce que cela me fait! Je ne veux pas t'abandonner ici aussi pauvre que lorsque nous y sommes arrivés. C'est un claim que je te donne... et il est facile à exploiter, celui-ci.... Je te le répète! Dans trois ans, tu peux revenir riche, en France!... »

Claude, les yeux humides, la voix enrouée, remercia Bernard avec émotion.

« Vous êtes un original, déclara Carnegie. Vous me plaisez, étant d'un type rare. Donc nous partons demain?

— Non; je resterai jusqu'à la fin du mois, pour mettre Claude au courant de l'affaire qu'il prend.

— Allons, je vous accorde ce délai, dit Carnegie. Nous serons au Havre vers le 15 octobre. Je vous demanderai de me présenter à votre famille. Et, directement, je me rendrai en Angleterre. La compagnie du mont Jupiter vous versera les cent mille francs de votre claim, aussitôt que la vente sera dûment faite, par-devant les hommes de loi. »

Nos amis se promenaient dans le jardin de Clotilde.

XXI

Sur le quai du Havre, Clotilde, les deux jumeaux et
M. Daniel Hasser, venu tout exprès de Paris, pour revoir
plus tôt Bernard, attendaient l'arrivée du transatlantique la
Champagne.

Le paquebot était signalé par le sémaphore. Le quai présentait cette pittoresque animation qui accompagne le départ
ou l'arrivée d'un steamer. Un pilote partait au-devant de la
Champagne; des marins se tenaient autour d'un cabestan,
placé devant le débarcadère; une nuée de garçons d'hôtel,
une quantité de voitures attendaient les voyageurs, nombre
de gens venaient, comme Clotilde, chercher leurs amis ou
leurs parents.

Le transatlantique apparut, très lointain encore, dans la
brume grise; puis grandit et se rapprocha avec rapidité....

« Dans une demi-heure, nous embrasserons Bernard! dit Daniel Hasser à Clotilde.... Vous pleurez, ma chère?

— Oui, je suis si heureuse de le revoir!

— Et moi, je suis bien heureux aussi de la bonne tournure qu'ont prise ses affaires... sans parler des vôtres.... Vraiment, je préfère encore votre entreprise si intéressante aux cent mille francs qu'il a trouvés inopinément pour son claim. Ces fortunes subites, dues au hasard, ne sont pas bonnes. Celles que l'on obtient par son travail sont mille fois préférables. C'est pourquoi je vous approuve si fort, d'avoir, sous la direction de M. Célestin, entrepris l'exploitation horticole de votre petite propriété. Après avoir lu les lettres que vous m'écriviez à ce sujet, j'avais pris des renseignements auprès d'un professeur de l'école de Versailles; il me donna des détails fort encourageants; mais depuis que j'ai vu ce jardin si bien soigné, ces arbres méthodiquement plantés, depuis que j'ai entendu parler M. Célestin, qui est un homme fort intelligent, je suis tout à fait certain d'un beau succès pour l'avenir.... J'engagerais fort Bernard à se mettre lui-même à la direction de cette affaire. Mieux vaut être un horticulteur de premier mérite qu'un avocat besogneux.

— Oui.... Mais Bernard voudra-t-il?... »

Le steamer entrait dans la rade. Absorbés par l'intéressant spectacle de l'atterrissage, Clotilde et son vieil ami cessèrent leur conversation.

« J'aperçois Bernard! cria Jean, en battant des mains.

— Où cela?

— A l'arrière, auprès de ce monsieur qui nous regarde avec une lorgnette. »

Le monsieur à la lorgnette était Edward **Carnegie**, prenant un instantané.

Le navire se rangea au long du quai. Les passerelles furent posées, et, l'un des premiers, Bernard sortit du bateau.

Avec une joie indescriptible il serra sa sœur dans ses bras, et embrassa ses deux frères. Du reste, autour d'eux, des scènes analogues se passaient.... Ce fut seulement après quelques minutes que Bernard songea à prendre la main de Daniel Hasser, et à présenter son ami Carnegie, qui devait se rembarquer dès le lendemain pour Southampton.

« Il faut que vous voyiez notre maison, monsieur, lui dit Clotilde, en l'invitant à passer la journée et la nuit à Honfleur. Vous êtes, pour nous, un ami; Bernard nous a tant parlé de vous!

— Encore une traversée! dit Edward en souriant.

— Oh! celle-ci dure une demi-heure. »

L'un des petits paquebots qui font ordinairement cette traversée, chauffait, à quelque distance de là. Bernard y fit transporter ses bagages, tandis que Carnegie laissait les siens au Havre, où il devait les reprendre le lendemain.

Deux heures plus tard, nos amis se promenaient dans le jardin de Clotilde. Tout n'y avait pas été sacrifié aux choses utiles; certes les carrés d'artichauts et de choux y tenaient une place prépondérante; mais derrière la maison, des massifs de dahlias à fleurs simples, des soleils, énormes boules d'or au cœur d'un brun velouté, de grands lis blancs au suave parfum s'épanouissaient, en attendant les premiers chrysanthèmes qui n'allaient pas tarder à fleurir.

Dans le plant, sous les pommiers, Manette avait étendu

des toiles; où en secouant les branches, elle faisait tomber
les pommes; des poules se promenaient gravement, picorant
d'un bec agile dans l'herbe mûre.

« Votre cottage est charmant, dit Edward Carnegie, avec
sincérité. Cette vue de la mer, à travers les pommiers, est
admirable. On paierait cher cette propriété, dans mon
pays.... Si j'étais vous, Bernard, je ne la quitterais plus.... »

Déjà, dans une sérieuse conversation, Daniel Hasser et
M. Célestin avaient présenté au jeune homme tous les avantages de la situation qu'il pouvait se créer ici.

Guéri de sa vanité, par le voyage qu'il venait de faire aux
pays de l'or et de la misère, il n'avait pas repoussé ces propositions comme il l'eût fait quelques mois plus tôt....

« Je réfléchirai! s'était-il contenté de dire.

— Songez, lui répondit M. Hasser, que vos études de
droit sont très faibles, à peine commencées, et sans doute,
à peu près oubliées.

— C'est exact, avoua Bernard! Je me souviens très vaguement des quelques cours que j'ai autrefois suivis.

— Tout serait donc à recommencer pour un résultat bien
incertain. Des cent mille francs que vous paiera la compagnie anglaise, la moitié devrait servir à composer une dot
pour Clotilde et à faire instruire vos frères. Avec le reste,
vous pourrez perfectionner votre installation, construire des
serres....

— Oui, des serres à raisin! dit M. Célestin. Vous pouvez
aisément, en couvrant de verre la moitié de votre jardin,
gagner vingt mille francs nets par an!... Je n'exagère pas; je
puis prouver mon affirmation!

— C'est un gros chiffre, s'écria Bernard stupéfait. Mais il me faudra un personnel considérable.

— Quatre ou cinq personnes, tout au plus. Des femmes; car c'est surtout pour ciseler le raisin, l'emballer, qu'il vous faut des aides. Vous êtes situé merveilleusement pour la vente : près du Havre et de l'Angleterre, et pas très loin de Paris non plus. C'est une fortune que vous avez là. Après quelques années, vous emploierez vos bénéfices à construire d'autres serres; et vous deviendrez une sorte de grand industriel. Ce mot vous fait sourire. Mais, mon ami, à présent, on fabrique du raisin, des pêches, ou des asperges, comme des roues de chemin de fer ou des cotonnades. Et c'est tout aussi lucratif.... »

Bernard, indécis, attendait l'opinion de Carnegie. Celui-ci fut tout à fait de l'avis général. La situation admirable de la maison l'enthousiasmait, autant que son flegmatique caractère pouvait s'enthousiasmer pour quelque chose....

« Je vous assure, dit-il à Bernard, que je voudrais moi, posséder une aussi charmante résidence, et m'occuper à y tailler mes vignes. Combien je préférerais cela au journalisme!

— Je vous crois, s'écria Augusta, avec un soupir. Depuis que j'ai pris ici ma retraite, je me demande comment j'ai pu vivre durant trente ans, dans l'enfer où j'étais à Paris....

— Vous n'écrivez donc plus? demanda Daniel Hasser.

— Si, je travaille encore pour *le Rosier Blanc*, et j'écris, en collaboration avec mon cousin Saturnin, la relation d'un très beau voyage dans l'Inde.... Cela m'intéresse beaucoup plus que mon travail de bureau.

— Monsieur a fait des voyages? demanda l'Anglais avec intérêt.

— Quelques-uns! » dit le capitaine, tellement entré dans son rôle qu'il finissait par y croire, et se figurait que c'était arrivé.

La journée passa rapidement, et le lendemain ce fut avec un réel chagrin que Carnegie dut prendre congé de ses amis, qui le virent partir avec peine.

« Il faut nous promettre de venir souvent, vous verrez le progrès de mes cultures, dit Bernard, en serrant la main de son ami des mauvais jours.

— Certes, je viendrai! déclara Carnegie, regardant Clotilde, qui avait fait sur lui une profonde impression. Je n'ai pas de famille.... Je serai heureux d'avoir quelque part, dans le monde, un foyer où l'on m'accueille avec affection.

— Pour cela, vous aurez toujours votre chambre prête! s'écria Manette, tout à fait conquise par la promesse que lui avait faite Edward de lui envoyer plusieurs couples de belles poules de race anglaise.

— Venez passer les fêtes de Noël avec nous! dit Clotilde. Ce sont des fêtes intimes où l'on aime à se réunir en famille.

— Oui, je viendrai! dit-il rayonnant de plaisir qu'elle l'eût invité par de si gracieuses paroles.

— A cette époque notre roman paraîtra, pour les étrennes! dit Augusta. Le premier volume de la série des *Voyages et Aventures du capitaine Saturnin dans les cinq parties du monde.* »

Saturnin se redressa avec une vanité amusante.

« Beau titre! dit Carnegie. J'en parlerai à un éditeur de

mes amis, qui fera traduire votre œuvre en anglais! Allons!
l'heure s'avance. Le bateau va partir! Adieu!... »

Et après une dernière poignée de main, Edward Carnegie
s'éloigna d'un pas rapide....

« C'est un homme charmant! déclara Augusta; si, lorsqu'il reviendra, il vous demande de l'épouser, ma chère Clotilde, je vous engage à l'accepter, pour peu qu'il vous plaise.

— Et pourquoi me demanderait-il cela? dit la jeune fille
rougissant.

— Parce qu'il vous aime, cela est visible! riposta la cousine. Avec la branche de gui qui porte bonheur, il vous
apportera l'anneau de fiançailles...

— Eh bien! j'en serai charmé, dit Bernard, embrassant
sa sœur. Mais il faut, cousine Augusta, que vous me promet-
tiez aussi de faire le récit de mon voyage au Klondyke. Ce
sera un beau livre et une bonne œuvre!...

— Une bonne œuvre?

— Oui, si elle peut empêcher quelques fous d'aller dans ce
pays abominable!... »

Et, rentrant dans la maison, Bernard alla, avec M. Célestin, étudier le jardin et dresser les plans des serres qu'il
allait y faire construire.

TABLE DES CHAPITRES

2ᵉ Série.   267-10. — Coulommiers. Imp. PAUL BRODARD. — P. 4-10.